河出文庫

恋する原発

高橋源一郎

河出書房新社

目次

恋する原発

すべての死者に捧げる……という言い方はあまりに安易すぎる。
（「インターネット上の名言集」より）

不謹慎すぎます。関係者の処罰を望みます。

——投書

いうまでもないことだが、これは、**完全なフィクション**である。もし、一部分であれ、現実に似ているとしても、それは**偶然**にすぎない。そもそも、ここに書かれていることが、ほんの僅《わず》かでも、現実に起こりうると思ったとしたら、そりゃ、**あんたの頭がおかしい**からだ。

こんな**狂った世界**があるわけないじゃないか。すぐに、精神科に行け！　いま、すぐ！　それが、おれにできる、**唯一**のアドヴァイスだ。じゃあ、後で。

ホワッツ・ゴーイン・オン

メイキング☆1

再生が始まっても、画面には、まだなにも映ってはいない。

黒い画面に微かに明滅する白っぽいノイズ。なんだか、一昔前の芸術映画っぽい。

こういうのを、宇宙の始まりのイメージ、っていうんじゃないの……かと思うと、奇妙な音が聞こえてくる。

荒い呼吸の音。男女の秘めやかな睦言。


はっはっはっはっ……はっはっはっはははっ……

あっあっあっ……あんあんああ〜ん……
うっ……ううっ……う……あぁあっ……

なんかこう、隣室でセックスしている（たぶん）のを、聞き耳をたてている気分になってくる。そういう時って、どうして、あんなに興奮するんだろうか。目の前でセックスを見ても、実は、興奮するというより、気持ち悪いだけなんだが。音だけ聞こえてくると、すごくイヤらしい感じがするのが、とっても不思議。

そこ……そこなの……
どこどこどこを触ってほしいの？
ああん……いえない……ああ……やめないで……
いわないと……やめちゃうよ……
ああっああっ……いじわる……あっあっ……
もうほしい？　**すごくほしい？**
うん……ほしいの……ほしくなっちゃう……
なにがほしいの？
……いじわる……あなたの……

ぼくの……なにがほしいの？

……ち……ち……ち……ちん……

ち……ちん……なに？

バカだ……こいつら。まるで、アダルトヴィデオみたいじゃないか。ところで。この会話、実はなにもかも**やらせ**なのではないだろうか。真に迫っているように見えて、すべて、最初から、シナリオは決まっているのである。

「やめないで」

「やめちゃうよ」

アホくさ。断言するが、どちらも「やめる」気は毛頭ありません。ある意味、ここでは、一種の八百長が行なわれている。男と女の（男と男でも、女と女でも可）、出来レースだ。でも、いいじゃないか。そうすると、気持ちいい、っていうんだったら。

ああああああん！　ああああああっあっあっあっあああ！

ああ、**あっあっあ〜あああああ！　アギャァアア！　ワアアァッ！**

ハグウゥゥゥゥッ！

絶叫が暗い画面をおおい尽くす。すごい声だ。あんな音が、人間の声帯から出てくるなんて、信じられない。ほんとに謎である。

それにしても、いつまでもエッチな声と黒い画面だけでいいと、この映画の製作者は本気で思っているんだろうか。手抜きもいいところだ。こんな**手抜きが許されるのは、鈴木清順とゴダールと大島渚だけだ。**

お母さ～ん♪
お母さ～ん♪
わあ～なんてことだ～たくさんのお母さんたちが泣いてるよ～♪

軽快なビートに乗って歌声（しかも日本語の）が響いてくる。マーヴィン・ゲイの名曲「ホワッツ・ゴーイン・オン」。

マーヴィン・ゲイも草葉の陰で泣いている。ベトナム戦争反対のメッセージをこめたこの曲が、こんな映画のＢＧＭにされるなんて……。っていうか、日本語に歌詞が吹き替えられている方が問題かも。

画面上に、突然、お猿さんが出現する。

いや、その正体は、ただの猿なんだが。今日は無性に、お猿さんと呼びたい気分なのである。

それにしても、実に哀れな感じがする、そのお猿さんは、いきなり小さなちんぽを握り、「自家発電」を開始するのである。いや、「自家発電」じゃ意味がわからない？ 要するに、オナニーなんだけど。

あの……昔から、疑問なんですが、どうして、オナニーのことを「自家発電」というんでしょう。あの白く噴き出す（「垂れる」も可）ものを「電気」であると想像するのは、ちょっと無理。温泉ならわかるんだが。ほんとに、ちんぽをこすっていると、摩擦で電気が発生するんですか？

おれは、最近の新聞に、

「企業の自家発電能力」という活字が躍る度にわくわくする。

日産の「自家発電」、トヨタの「自家発電」、SONYの「自家発電」……。

想像することもできないほどの、巨大なオナ……。なんて、エロな……間違い……エコなエネルギー……。

それは、ともかく。また、別のお猿さんが右側から（どっちでもいいけど）現れ、このお猿さんも「自家発電」。それにびっくりする間もなく、今度は、左側（だから、どっちでもいい）から、第三のお猿さんが現れ、こいつも「自家発電」。

誰が調教したのか知らないが、ほんとうに、よく訓練されたお猿さんだ。

と思う間もなく、あちらからもこちらからも、異なったお猿さんが続々登場する。どうやら、「自家発電」するお猿さんの増加は止まらない模様である。

その時、突然おれの中に疑問が生まれた。

いったい、お猿さんは、「自家発電」のオカズに、なにを使うんだろう。なんか、すごく気になる。

この画面で見る限り、なにも使ってはいない。お猿さんたちの脳内にある別のお猿さんの痴態なんだろうか。どうも、**お猿さんの考えていることはいまいちよくわからない。**

カメラが（すぐに「名誉毀損」だとか「差別」だとかいうアホがいるから、くどいようだが、もう一度断っておこう。**「これ」は「映画」です。現実のわけはありません**）下がってゆく。

すると、お猿さんたちの背後に、なにかが存在しているのが、わかるのである。

さて、なんでしょうか。

あっ……あれは……モノリス……。

そう。『2001年宇宙の旅』の冒頭、お猿さんたちの前に出現したモノリス（のそっくりさん）だ。その黒く、長い、長方形の物体の頂上あたりで隠された太陽から、鮮やかに、光が放射してゆく。キューブリックの映画そのものだ。

ちがうのは、今回の場合、お猿さんたちが、きわめて非協力的だということ。映画の『2001年』では、モノリスに向かって、キャッキャッと騒いでいたのに、このお猿さんたちと来たら、「自家発電」に夢中で、モノリス（のそっくりさん）を見ようとさえしない。キューブリックのお猿さんたちのIQが18ぐらいだとしたら、こっちのお猿さんたちのIQは3・7ぐらいではないのか。

お猿さんたちの代わりに、観客である我々が見てあげよう、モノリス（のそっくりさん）を。

おお、この頂点から神々しい光を放つモノリス（のそっくりさん）に、なにやら文字が書かれているではありませんか。

お猿さんたち、小便をかけてはいけません

これは、単なる注意書きだ。

我々は

このあたりから、メッセージが始まっているようである。

この度の震災で被災したみなさんを

モノリス……そっくりさんのくせに、やるじゃないか。キューブリックのモノリスの、なんかこうインテリっぽい、っていうかいかにも一神教的な、ジコチューな感じとはだいぶちがう。社会貢献か。いいんじゃないの。謙虚な姿勢で。

全力で支援します

頑張れ、ニッポン

ニッポンはひとつ

我々もニッポン人だ

正直いって、ちょっとしつこい。「ニッポン」とか「ニッポン人」ということばの繰り返しが、なんか押しつけがましい……なんてことをいってはいけません。みんなが、それでいいというなら、反対する理由はありません。どうぞご自由に。それにしても、スローガンはもういい、って感じだな。で、なに？

我々は、この作品の売り上げをすべて、被災者のみなさんに寄付します

そう来るか。いや、いいと思うけど。なにより、その気持ちが大切なんだ。

チャリティーAV

恋する原発

ちょっと待った。そういえば、さっきから、エッチな呼吸音やお猿さんたちの「自家発電」が続くので、妙だと思ったのだ。これ、**ほんとにアダルトヴィデオだったのかよ!**

ごめんね、AVで

いや、そんなこといわれても。これって、このAVの売り上げを寄付したとして、被災者のみなさんは、気持ち良く受けとってくれるんだろうか。なんか**ビミョーな**

気持ちになっちゃうんじゃないだろうか。それぐらいならまだいいんだけど、逆に、怒らせちゃうんじゃないだろうか。そして、寄付なんかしたって、突き返されちゃうんじゃないだろうか……。

我々だってニッポン人だ

我々だって人間だ

被災者のみなさんの役に立ちたいんだ

はいはい。あんたたちの気持ちは、よーくわかりました。だから、そんなに肩を怒らせなくってもいいんじゃないですか？

ところで、さっき、キューブリックのモノリスは一神教的だっていったけど、このモノリス（のそっくりさん）、かなりウェット、というか、女々しいかも。

ふだん日陰者の扱いを受けてきたみなさん

レンタルヴィデオ屋の隔離されたコーナーに

他人の目を気にしながら入りこみ

別に盗むわけでもないのに周りの視線を

気にしていたみなさん

この作品は堂々と借りてください

そして堂々とオナニーしてください

あなたの精液の一滴一滴が貴重な
義援金になるのです
勃《た》て、飢えたる者よ
弱き者たちよ、いまこそ連帯せよ

ほんとうに弱者の気持ちがわかるのは我々だ

ファック！　震災

ファック！　津波

ファック！　原発

オール・ウィー・ニード・イズ・ラヴ！

オール・ウィー・ニード・イズ・おまんこ！

オール・ウィー・ニード・イズ・ちんぽこ！

オール・ウィー・ニード・イズ・セックス！

&

オール・ウィー・ニード・イズ・オナニー！

やばい。おれ……おれ、いまものすごく感動してる。なんか、おれ……泣きそうなんですけど……。連帯とか、闘いとか、メッセージとか、そういうものとは、無縁だったのに……。どうしたんだろう、おれ……。いろいろあって、おれ、気が弱くなっているのかも……。

「オール・ウィー・ニード・イズ・ラヴ！」

「オール・ウィー・ニード・イズ・おまんこ！」
「オール・ウィー・ニード・イズ・ちんぽこ！」
「オール・ウィー・ニード・イズ・セックス！」
「オール・ウィー・ニード・イズ・オナニー！」

画面の向こうから、シュプレヒコールのように繰り返される、「オール・ウィー・ニード・イズ」。なんかミュージカル**「レ・ミゼラブル」のラストシーンみたいに感動的**だ。でも、BGMはビートルズなんだけどね。

モノリス（のそっくりさん）の向こうに、なぜか、**フクシマ第一原発？**らしきものの姿が見える。それらのすべてをおおい尽くすように、男女の睦言、セックス時の音声が、どんどん高まってゆく。っていうか、クライマックスに向かってゆく。

イクイクイクイクイクッ！

アアア、オレモ！

アアア、出シテイイ？

お猿さんたちの「自家発電」も、もはや限界に近い。でも、**おれは見たくない！　お猿さんが射精するところなんか！**

というか、この映画、いやAV、いろんな意味で、かなり失礼なんじゃないのかなあ、よくわからないけど……。

そんな、おれの心配など、どこ吹く風。映画は、というか、このAVは、どんどん先へ進んでゆく。これを止めることができる者は、どこにもいない……。

イーグルスの「ホテル・カリフォルニア」が、どこからか流れてくる。そのアイデアを出したのは、久しぶりに組んだＡＤのタグチだ。

「場所がホテル・カリフォルニアだから、やっぱり曲もホテル・カリフォルニアでしょう」といったのだ。さすが、ＩＱ90のやつのいうことはちがう。

まあ、そんなことは、どうでもいい。細かいことは、どうでもいい。**世の中、たいていのことはどうでもいい。**

三十五歳にも四十五歳にも見える中年のおばさんが座っている。１５６センチ50キロ（自己申告）だが、ほんとうは63キロ～64キロだ。だてに、二十年もこの業界にいるわけじゃない。１００メートル離れていても、身長・体重・スリーサイズ・靴のサイズ・ＡＶに出てくれるかどうかぐらいわかる。50メートルまで近づけば、フェラが得意か、性病に罹っているかどうかだってわかる。

そのおばさんの、とりあえず『美熟女にオナニー見せて興奮したらやってしまいます』での芸名は、アマミユウカ。あんまりだといわないでほしい。名前なんか気にしてはいけない。**名前なんか、ついてりゃいいんだ。**

青のスーツを着たアマミユウカがニヤニヤ笑いながら椅子に腰かけている。青のスーツというより、ブルーシートみたいだ……。パンツ一丁になった男優、こいつは誰だ、現場に来て初めて会った。名前は……なんだっけ。どうも**男優の名前は覚えら**

れない。意味ないから。

「アマミさん、パンツの上から、触ってみてください」男優Aがいう。するとアマミさんは、嬉しそうに、パンツの上からちんぽを触る。というか握ろうとする。ダメじゃん、アマミさん！　もっと恥ずかしそうに、っていっただろ！あんた、一応、上流階級の奥さまってことになってんだから！といっても、それは無理で、アマミさんは、積極的に、パンツを下ろす。男優Aのちんぽが、バネ仕掛けみたいに、跳ね上がる。残念ながら、お客さま方には、ボカシが入ったものしかお見せできないが、ほんとに見事に、跳ね上がるのである。あれは、なんだ？　ほんとうに、人体の一部分なのだろうか？

男優は、その反り上がったちんぽを、恥ずかしがる奥さまの鼻面に、これ見よがしに、突きつける……設定のはずなのに、アマミさんは、もうすっかりそんなことは忘れて凝視している。すんごい目つきだ。ああ、よだれを、垂らさないように、っていってんのに。マジかよ！　ほんとに垂らす人がいるんだ。そして、その口中に溢れたよだれをちんぽの先に垂らし、アマミさんは、それをまんべんなく、全体に塗りたくる。

それさあ、別のAV、別の企画でやることなんじゃないだろうか。『32歳のシロガネーゼ・アマミさん、そんなこと家では絶対にできません！』というタイトル、変えなきゃならないんじゃないだろうか。

まあ、いいや。

やることとは、たいして変わらんのだから。ちんぽとまんこがある限りは。まあ、ちんぽとちんぽの場合も、まんことまんこの場合も、それから、ちんぽが複数の場合も、まんこが複数の場合も、ひとりでちんぽとまんこを持ってる場合も、それからなんだっけか、いろいろあるわけなんだが。なに、そんなこと、聞きたくない？　ごめんね。

まあ、ともかく、**ふつう**は、ちがう。

どんな風に作っても、最後には、ちんぽとまんこがどこかで出会うのである。ただ、それだけだ。作ってるおれがいうのも、どうかと思うが、ただそれだけのために作られたヴィデオなんか見て、ほんとうにおもしろいの、あんた？

あんただよ、

あんた！

後ろを振り向いてるんじゃないよ。他にいないだろ。自分が、なんか例外だと思ってるわけ？　あんたもおれも一緒だよ。

ちょっと訊くけど、

人生なんて、ほんとにおもしろい？

「オモシロイヨ」ジョージがいう。

「ほんとに？」

ジョージがそういうのだから、そうなんだろう。でも、それは、おれの人生じゃない。

たぶん。


おれが監督する時、ADはジョージと決めている。

ジョージは、実は**地球を侵略しに来た宇宙人**なんだ……。そして、ジョージの話では、地球にはそういう宇宙人がたくさんいるらしい。それがほんとうなら、さっさと侵略して、地球人を奴隷にでも何にでもすればいいじゃないか。おれはそう思うね。だが、やつらは、どうもちがった考えを持ってるらしい。そのことについて説明しはじめるときりがない。というか、みんな笑うし。だから、やめとこう。**あんたには関係ないことだ。**

ジョージは無口だ。ほとんどしゃべらない。だって必要ないから。

なぜ、人間はしゃべるのか。しゃべらないと、相手がなにを考えているかわからないからだ。というか、自分がなにを考えているか、相手に伝わらないからだ。というか……ほんとのところ、自分がなにか考えているような気になってるだけかもしれんが。

とにかく、ジョージには、他のやつが考えてることが、即座に頭（って、宇宙人の場合も「頭」っていうのか？）に入る。いや、ジョージが勝手に他人の頭の中に入りこむのか？　よくわからんけど。

ジョージと初めて会った頃は、すぐに、おれの頭の中に、直接しゃべりかけようとするんで、ひどく迷惑した。

「ジョージ！　おれの頭の中に、直接、話しかけんなよ！　気持ち悪いって！」

「スイマセン……ソッチノ方ガラクナモノデ」

ジョージはなんでもできるのに（宇宙人だから）、脳に直接話しかけるのと、口でしゃべるのとの使い分けは苦手らしい。時々、脳に話しかけてるのに、口でもしゃべったりしている。

「ジョージ！　止《よ》せ！　おまえ、おれの頭の中にも話しかけてるから、ハウリング起こしてるぞ！」

そういうわけで、ジョージには、なるたけ黙ってもらうことにしている。

じゃあ、どうして、ジョージにADをやってもらうのかというと、そりゃもちろん、**超能力を持っているからだ。**超能力って、すごく便利なんだ。

たとえば、『ぼくの彼女は身長36メートル』ってAVを撮るとする。AVでSFだ。そういうものが売れる、とどこかで社長が聞いてきたんだ。

「社長、どうやって特撮するんです？　そんなスタッフ、どこで雇うんですか？」

「スタッフ？　そんな予算、あるわけないだろ。工夫しろよ、工夫！　パソコンを、ちょいちょいといじればいいじゃないか」

おれにそんな芸当ができるわけがない。だから、ジョージに頼んで、女優を、ほんとに36メートルの身長にしてもらう。そうすると、女優はみんな喜ぶね。**ただし注意しないと、ビルとか壊しちゃうし、高速道路を走ってる車を投げちゃうから。**

「すっごい、すっごい。これ、どんな手品？」って、みんないうんだ。

手品なわけないじゃん。想像もつかないことを目の前にすると、AV女優は、みんな、手品だっていう。誰も、ほんとに36メートルになったり、逆に36センチにされてることに気づかないんだ。やつらの頭の中の方が、よほど謎だ……。

とにかく、ジョージは、なんでもできる。できないことはない。

「なあ、ジョージ」おれはいった。「おまえ、なんでもできるんだろ？」

「ハイ」ジョージはいった。リアルな声で。

「たとえば……」おれは、ちょっと考えた。「『ケンタッキー・フライド・チキン』なんだが、昨日買ったセットのコーヒーに、また、ミルクがついてなかったんだ。これで、連続三回！　あんな店、消えちまえばいいと思うんだ」

即座に、ジョージはいう。静かな声で。

「消エタヨ」

おれは、会社の外へ出る。すると、十五年前から会社の真ん前にあった「ケンタッキー・フライド・チキン」が見事に消え去っている。そして、その場所には、交番がある。ジョージ、ジョージ、なんてことをするんだ。おれは、交番に行って、訊いてみる。

「すいません」

「なんですか？」

「このあたりに、『ケンタッキー・フライド・チキン』、ありませんでしたっけ？」

「なに？　ケンタッキー……チキン？　それ、何の店？」

「いや、フライド・チキンの店なんですけど」

「聞いたことないねえ。おい、ナカムラ、おまえ、知ってる？」

「知りませんね。唐揚げの店ですか？」

「いえ、もう、けっこうです」

で、おれは、交番の外へ出ると、携帯で娘に電話をかける。おれとちがって、ケンタッキー・フライド・チキンマニアなんだ。

「もしもし」

「なに？ パパ、なんか、用？」

「あのさ。おまえ、『ケンタッキー・フライド・チキン』って聞いたことある？」

「なに、それ？ ナニ・チキン？」

「もう、いいよ、ありがとう」

おれは、会社に戻る。ジョージは、おれが出ていった時と同じように椅子に座って、窓の外を眺めている。

「『ケンタッキー・フライド・チキン』が存在していなかった」

「ソウ頼ンダデショ」

「あの店だけじゃなく、『ケンタッキー・フライド・チキン』という名前の店すべてが、あの、カーネル・サンダースという人、というか人形ごと、世界の歴史から消え去った。そうだよな？」

「ハイ」

「もういいよ。元に戻して。時々は食べたくなるんだ」

「戻ッタ」ジョージはいう。

で、おれは、また外に出る。今度は、交番がなくなっていて、そこに「ケンタッキー・フライド・チキン」が存在しているってわけだ。

おれは一瞬だけ考える。**ナカムラは、どこに行っちまったんだろう？**　三十秒ぐらいしか見なかったが、なんか、**いいやつそうだった。**でも、もういないんだ。金輪際。

おれは、**なんだか、ちょっとこわくなる。**まあ、ちょっとだけだけどね。

それから、なんだか急に、したくなることがある。もうしたくてしたくて気が狂いそうになる。そういう時って、ない？　えっ？　ないの？　意味がわからん……。おれは、あるよ。しょっちゅうだ。

ああ、アンジェリーナ・ジョリーとやりたい、とおれは思う。しかも、処女のアンジェリーナ・ジョリーと！　すごすぎる。もし、そんなことが可能だったら、三度死んで、三度とも地獄に落ちてもいい。おれは、そう思う。

「入レテヨ」

おれは振り返る。

アンジェリーナ・ジョリーがおれの隣にいる。しかも、『17歳のカルテ』の頃の！

まだ、ブラピにやられてない頃の！

そのアンジェリーナ・ジョリーが、おれの隣にいて、ニッコリ微笑んでいる。ミニのワンピースがはちきれそうだ。もちろん、わかっている。それは、アンジェリーナ・ジョリーではなくジョージだ。ジョージが勝手におれの頭の中を読んで、アンジェリーナ・ジョリーになっただけなんだ。

「ジョージ」

「ナニ？」

「おまえ、っていうか、それ、っていうか、アンジェリーナ・ジョリーなのか？」

「ソウダヨ」

「しかも、処女？」

「ソウダヨ」

目の前に、**アンジェリーナ・ジョリー**がいる**（しかも処女）**。そして、

「入レテヨ」

もちろん、部屋に入れてくれといってるわけじゃない。**もっとずっと、手に負えないもの**を入れろとアンジェリーナ・ジョリーはいってるわけだ。入れるべきなのかなあ。でも、なんだか、話がうますぎる。

「ナゼ、タメラッテルノヨ」

アンジェリーナ・ジョリーが、というか、ジョージが、そういう。ほんとに、そうだ。おれは、なぜためらっているんだろう？　いつだって、そうだ。おれは、ためらう。牛丼の「なか卯」ですだちおろしうどんなんか食っていいんだろうか、やはり、和風牛丼一本で行くべきではないのか、とか。

「ナゼ、タメラッテルノヨ」

もう一度、ジョージがいう。それで終わりだ。気がつくと、処女のアンジェリーナ・ジョリーはもういない。どこかへ消え去ってしまった。残っているのは、角度によっては、トミー・リー・ジョーンズにも大林宣彦にもラムズフェルド元国防長官にも見える、ジョージだけだ。

だから、おれは、こういう。こういうしかないのだ。

「わからんよ、ジョージ。おれにも」

メイキング☆2
恋人よ、帰れ我が胸に

お猿さんはもういない。おそらく、もう自分たちの巣に戻り、尻《けつ》でもボリボリ掻いているんだろう。よかったよかった……。

ところで、お猿さんたちは、ちゃんとイッたのだろうか。気持ちよく射精できたのだろうか。そして、その発射シーンはきちんと撮影されていたのだろうか。おれは、目を瞑《つむ》っていたから、知らないけど。見た人は、気の毒に……。

音楽が変わった。モータウン・サウンドの興奮は去った。今度は、なんか、しっとりした感じの音楽が、小さく、低く、流れている。

「映画」は、というか、このAVは、次のパートに入ったようである。

今度はなんだろう。はっきりいって、こわいもの見たさで、見てるだけのような気がするんだけど。

砂漠だ。砂漠が映っている。どこまでも続く砂漠の風景。暑そうだ。あんなところにいたら、さぞのどが渇くだろう。飲みたい……ポカリスエット……。

なにかが……なにかが……聞こえてくる。低く呟くような朗誦……。お経？　ちがう。浪曲師五十人の集団トレーニング？　甲子園球場の阪神ファンの「六甲おろし」の合唱？

どれもちがう。

陽炎《かげろう》のように揺れる画面の向こうに、音の発生源が見えてくる。頭に白い小さな帽子をかぶった、たくさんの、髭もじゃの男たち。

えっ？　おれの頭の中の誰かがこういった。

「イ・ス・ラ……」

その瞬間、おれは本能的に瞳を閉じた。**何も見なかったことにしよう。そうしよう。**もっと楽しいことを考えよう。ア……アラビアンナイト。OPEC。カダフィ大佐。ドバイ・ワールドカップ。アラビアのロレンス。十字軍……。だめだ……同じようなことしか思いつかない。しかし……しかし……おれ、なにをびびってんだ？　AVを見てるだけじゃん……ていうか、目をつぶってるし。気にしすぎなのかも。

おや。おれは気づいた。男たちの朗誦に、別の朗誦が、しかも日本語が、混じっている模様だ。とにかく朗誦だから、はっきりとは意味がわからない。待てよ。日本語の方は女性合唱みたいなんですが。

イヤな予感がする。すごく。でも、見たい。なんでだろう。このイヤな予感の果てに、**なんかおもしろそう**なものがあるような気がするから。まあ、「気がするから」で、ここまでの人生、ずっと失敗を繰り返してきたわけなんだが。


「戀《こひ》が浮世かうき世が戀か〜♪

　戀がうき世であるならば〜♪

　世間の義理も何のその〜♪

　忍ぶ暗世はさてつらいもの〜♪

　秘密《かくれ》逢《あ》ふのは命がけ〜♪

　照らす自由の燈の〜♪

　光りを見せよ慈悲なさけ〜♪」（女性合唱）

チャドルというのか、イスラム教関係の女性のみなさんがまとう巨大な布を、全身にまとった日本人女性（？）が、砂漠の中を、ラクダに乗って進んでゆく。その日本人女性に向かって、カメラが近づく。すると、女は、わざとらしく、歌いはじめる。

「戀人よ〜♪
ああ〜行かれる物なら此ままにアフガンの山の奥までも行って仕舞《しまひ》たい〜♪
ああ嫌だ嫌だ〜つまらぬ〜くだらぬ〜面白くない〜情ない悲しい心細い中に〜♪
何時まで私は止められて居るのかしら〜♪
これが一生か〜♪
一生がこれか〜♪
ああ嫌だ嫌だと道端の立木へ夢中に寄かかって暫時そこに立どまれば〜♪
渡るにゃ怕《こは》し渡らねばと自分の謳ひし声を其まま〜♪
何処ともなく響いて来るに〜♪
矢張り私も丸木橋をば矢吹丈の如く渡らずばなるまい〜♪
ああ〜♪
ラヴァー・カム・バック・トゥ・ミー〜♪」

聴き手を無視し、一方的に盛り上がってゆく音楽。変な歌詞。なんだか、すっごく**ウソくさい。**でも、そこが素敵、というかなんというか。

すいません、**個人的な話、していいですか？**

十年前、韓国に行った時、Kポップ居酒屋で、五輪真弓《いつわまゆみ》そっくりの声の韓国人歌手が歌う「恋人よ」そっくりの曲や、アダモそっくりの声の韓国人歌手が歌う「雪が降る」そっくりの曲を聴いた時のことを、なんとなく思い出す。

ところで、**あんた、五輪真弓って知ってる？　アダモは？**

知らないかも。知らないよね。知らないんだ。そうだろ。最近、そんなことばっかりなんだ。

山崎ハコは？　ズー・ニー・ヴーは？　マウンテンは？　ザ・ジャガーズは？　まあ、微妙にジャンルの違う歌手も交じってるけど。

おれの知ってる歌手、おれが好きな歌手を、女優も男優もADもみんな知らないんだ。聴いたことがない、いや、聞いたことがないっていうんだ。ほんとに、そんな歌手、いたんですか、っていわれるわけ。

おれは、もちろん、「いたよ！」と答える。だが、何度も何度も何度も、聴いたことがない、とか、聞いたことがない、とか、誰それ、とか、ほんとにいるんですか、とかいわれると、だんだん自信がなくなってくる。ほんとうに、やつらはいたんだろうか。全部、おれの妄想が作り上げたものだったりして……。

もしかして、おれの知らない間に、おれは、**ちがう次元の世界**に行っちゃったんじゃないだろうか。そして、そこは、つまり、いま、おれがいるのは、**五輪真弓やアダモや山崎ハコやズー・ニー・ヴーやマウンテンやザ・ジャガーズが存在したことのない世界**じゃないんだろうか。

おれは、時々、ジョージを疑っちまう。

「ジョージ、おれの山崎ハコを歴史から消してない？」って。

すると、頭を何度も振って、ジョージはこう答える。

「ボクハ、ナニモシテナイヨ」

なんの話をしてたんだっけ。ああ**五輪真弓みたいなやつが歌う「恋人よ」そっくりの曲の話だ**。

あれは、すごかった。おれは、最初なんと上手なパクリだろうと感心した。しかし、あまりにそっくりだった。声も曲も。信じられないくらい。**倉木麻衣が宇多田ヒカ**

ルによく似てるというが、そんなものじゃない。

　いや、確かに、倉木麻衣は宇多田ヒカルにそっくりだ。声も曲も。おれも初めて倉木麻衣を聴いたときには宇多田ヒカルと間違えたわけだし。しかし、いくらおれでも、二回聴くと、倉木麻衣と宇多田ヒカルの区別はつく。三回聴くと曲の違いはわかる。だが、**五輪真弓みたいなやつが歌う「恋人よ」そっくりの曲は何回聴いても、区別がつかないんだ！**　いや、ただ似てるというだけの話ではない。とにかく、次元が違うのである。

　もしかしたら、ほんものの五輪真弓やアダモが、韓国語で歌っているんじゃないか。おれはそう思った。なんだか、その方がすっきりする。いや、はっきりいって、この韓国語で歌う五輪真弓やアダモの方が、ずっと存在感があるのではないか。**ほんものとかぱくりとかそんなことどうでもいいじゃん。**そんなことになんの意味がある。おれはそう思った。

　あれほど堂々としたものは聴いたことがなかった。あれほど自信たっぷりなものも聴いたことがなかった。素晴らしかった。気がついたら、おれは泣いていた。一度、みんな、聴くべきなんだ。あの、ほんものの五輪真弓よりほんものっぽいやつの歌う、「恋人よ」より「恋人よ」っぽい曲を。ほんものとか偽物なんて区別を超えた、あの歌を。

っていうか、誰も五輪真弓を知らないんじゃ、なんの意味もないかもしれんが。
おれの感慨とは無関係に、「ラヴァー・カム・バック・トゥ・ミー」は続いている。
そして、画面に、タイトルが。えっ？　また、タイトルなの？

樋口一葉 vs. ウサマ・ビン・ラディン

世界の果てでアイ・ラヴ・ユー

ちょっと、これ、「震災支援チャリティーAV」じゃなかったっけ？　それに、始まった時のタイトル、『恋する原発』だと思ったんだが……。

ちょっと待った！

なんで？

訊いていいかな？

なんでも、どうぞ。

社長、まだ始まったばかりじゃないですか。焦らない、焦らない。

タイトルを聞いた時から、イヤな予感がしてたんだよな。こんなAV、誰が見るっていうんだよ！

これのどこがAVなの？

社長、なにも心配することはありません。いいですか、朗読があって、ちょっとドラマもあって、伏線があって、それから後は、**お待ちかねの怒濤のセックス！**息もつかせぬファックの嵐！　まんこ・まんこ・ちんぽ・まんこ・ちんぽ・まんこ・ちんぽ・まんこ！　はじめから、まんこばかりじゃ説得力ないでしょ。

説得力？　そういうこといってるんじゃないの。あのね、いいたかないけど、おまえ、**最近マンネリなんだよ。**

『援助交際白書――東海の小島の磯で潮吹いて』だっけ、あれぐらいじゃないか、まあ売れたのは。『蒲団98――女子大生の生本番』も『吾輩は舐め猫である』もぜんぜんダメじゃん。どれも二千本いってないじゃん。みんな、赤字なの。なぜだか、わかる？

さあ……。

勃たないんだよ！　おまえのＡＶじゃ、勃起しないんだよ！　何年、ＡＶ監督やってるのよ、おれたち、**芸術やってんじゃないんだから！**　ちんぽ勃たせていくらなわけ。お客さんがなんのためにヴィデオを借りると思ってんの？　オナニーしたいからだろが！　ムラムラしたいからだろ！　せんずりしたいからだろ！　おまえ、いつから**岩波文庫の回し者**になったわけ？

おことばですが、このヴィデオで、おれは勃ちますけど。

おまえのちんぽが勃ってもしょーがないじゃん！　いま、うちの業界も厳しいんだよ、それぐらい知ってんだろ？　**作れば売れた時代なんかもうとっくに終わってんだから。**　セルヴィデオを作ってるやつら見なよ、根性あるよね。なんでもおれたちの二倍やってるから。おれたちが一時間に三回まんこしたら、向こうは六回、こっちが３Ｐしたら、向こうは６Ｐ、こっちが顔射したら、向こうは生で中出し、こっちが五十歳の熟女出したら、向こうは百歳……じゃないけど、超熟女出すし。同じギャラで二倍の本数撮って、しかも、二倍濃いんだよね。もう、やつらウンコ食うぐらい常識なんだから。

社長がどうしてもとおっしゃるなら、**樋口一葉にウンコ食わせてもいい**んですが。そういうことをいいたいんじゃないの！　そもそも、なんで、ＡＶに樋口一葉が出てくるわけ？

いえ、別に、おれは与謝野晶子でもかまわないっすよ。それとも、平塚らいてうにする？　フェミニズムの団体に抗議されてもいいんなら、その線でも。

みんな同じだよ！　だいたい、なんで明治の人間ばかり出てくんの？

そりゃ、社長、なにしろ、ビン・ラディンとまんこするんだから、ふつうの女じゃ太刀打ちできないんじゃないですか。元始、女性は太陽であった、ぐらいの迫力なきゃ。そうでなきゃ、君死にたまふことなかれ、とか。

別にビン・ラディンと戦争するわけじゃないんだから、ふつうの女でいいんだよ！　ふつうに勃たせる女でいいんだよ。ああ、それから、ビン・ラディンだけど、少し名前変えといて。芸がないから。

どう変えるんです？

決まってんじゃん。ビンビン・ラディンしかないっしょ。

ビンビン・ラディン？『樋口一葉 vs. ウサマ・ビンビン・ラディン』ですかあ？　あの、ちょっと、下品じゃないかと……。

下品？　下品だって？　おれに喧嘩売ってんのかよ！「ビン・ラディン」と来れば「ビンビン・ラディン」、「ブッシュ」とくれば「濡れ濡れブッシュに突撃よ」でしょ。これ、業界の常識。まあ、そんなこと、どうでもいいや。ヤマちゃん、ナレーシヨンのとこ省いて、まんこのところだけ、説明して。

なんてことだ……。**おれが出てるじゃん**。あれ、あのアホは、間違いなく十年前のおれじゃないか。これは、いったい、どういうことなんだ。誰が撮ってんの、これ？

うっすらと記憶が甦ってくる。そうだ。あの時も、チャリティーAVを作ろうとしたんだ。で、同時にメイキングヴィデオを作ってたみたい。っていうか、おれたち、いつもヴィデオカメラを回してるから。飯を食いながら、携帯で誰かと話しながら、テレビを見ながら、もちろん、セックスしながら……。

画面に……また、なにかが映った。

このAVを9・11同時多発テロで亡くなった
人々に捧げます

これ、十年前に作った……じゃない、作りそこねたチャリティーAVじゃないか……。懐かしいねえ。

そういえば、うちの会社、っていうか、AVの製作者は、やたらとチャリティーAVや義援金募集AVを作りたがる。ありゃ、どういうわけなんだろう。

ふだん、虐げられているせいで、苦しむ人たちに共感するから？　そうかもしれん。でも、ちょっとちがうかも。

だいたい、おれたちが、どんなにがんばってチャリティーAVを作っても、誰も、どこも、報道しないんだ。まあ、もちろん、チャリティーじゃないAVだって同じなんだが。

おれたちがなにを作っても、**朝日新聞や読売新聞に載ったことなんかない！**　おれたちが、どんなに熱心にチャリティーに取り組んでも**テレビが放送したこともない！　雑誌にすら載らない！　週刊アサヒ芸能を除いては！**

娘が「パパ、なんの仕事をしてるの」って訊くから、「映画だよ」って答える。しばらくして、娘から「うそつき。パパたちの『映画』、新聞を見ても雑誌を見てもテレビを見ても、載ってないよ」といわれる。だから「ごめん、間違い。パパたちが作ってるのは『ヴィデオ』だよ」と答える。でも、またもしばらくして「パパ、パパ、うそつき！　『ヴィデオ』のところをいくら見ても、パパたちの『ヴィデオ』載ってないわよ!」といわれる。

じゃあ、おれたちは、なんの仕事をしてるんだ? だから、おれは時々、おれたちってほんとは**存在してないんじゃ**ないかと思うんだ。いや、間違い。テレビや新聞に載る時がありました。「強姦ヴィデオ」といってるけど**実際に強姦してるんじゃないかって、訴えられた時だ!** それだけ!

女はしずしずと洞窟に入ってゆく。中には、埃、ゴミ、クモの巣……。なんか、このあたりは、『インディ・ジョーンズ　最後の聖戦』みたい。

天井の裸電球の弱い光に、ぼんやり男の姿が浮かび上がる。女は男に近づく。抱き合うふたり。

「ウサマ」

「夏子」

「久しぶりね」

「ああ。きみも昔と少しも変わらないね。あれはいつのことだったろう。きみに初めて逢ったのは」
「あなたが『明星』に初めて投稿した頃よ」
「そうだ。みんな、元気だろうか。啄木、晶子、林太郎、秋水《しゅうすい》、須賀子……」
「みんな元気よ。そう、石川君からあなた宛ての詩を預かってきたわ」
そういうと、女は、腰にかけたポーチから一枚の紙を取り出し、男に渡す。受けとった男は、紙を開き、それから、ゆっくりと朗読しはじめる。
「われは知る、テロリストの
かなしき心を――
言葉とおこなひとを分ちがたき
ただひとつの心を、
奪はれたる言葉のかはりに
おこなひをもて語らむとする心を、……」
女の頭がゆっくりと下がってゆく。そして、女は男の腰を抱きしめる。
「……われとわがからだを敵に……」
女は探りあてた。男の**それ**を。それから、女は見つけた**それ**にいとおしそうに頬ずりする。それから……。

「……擲《な》げつくる心を——……しかして、……
そは眞面目……にして……にして」

「ねぇ」女はいう。

「きもひいい?」

ちょっと質問していいかね?

どうぞ、どうぞ。

この話、人間関係はどうなってるわけ? おれには、よくわからんのだが。

よく聞いてくださいました。時は明治三十年代、雑誌『明星』に集いし、青年男女の群像があったと思し召せ。時代は若く彼らもまた若かった。若き天才詩人石川啄木、烈々たる情念を放射する歌姫《ディーヴァ》与謝野晶子、静かな情念を内に秘めた少女樋口一葉、淫らな魅力で男たちを狂わせる地方出身の才女管野須賀子、彼らの兄ほどの歳で乙女たちの慕情を一身に浴びていた鷗外森林太郎、やがて革命運動にのめりこんでいく幸徳秋水、そしてサウジアラビアからの交換留学生ウサマ・ビン・ラディン……。

ビン・ラディンって、サウジからの交換留学生だったのかよ！　って、その頃、サウジアラビアなんてあったわけ？　あのねえ、おれも明治に詳しかないけど、イシカワ先生よお、どうもその設定、かなり無理があるんじゃないでしょうか。

細かいことをいっちゃダメ！　ビンビン・ラディンでAV作れっていったの、社長じゃないっすか。

おれが心配しすぎなのかもしれんが、どうも粗筋だけ聞いてると**政治とか革命とかそういう方向に**行ってるような気がするんですけど。

まあ、少しは……。

じゃあ、却下！

えっ？

その案、却下。一からやり直し。

最後まで聞いてくださいよ。

聞くだけムダだよ。じゃあ、ヤマちゃん、あんたのプランは？

もう！　何日もかかって練りに練った案なのにい！

政治と革命はダメ。絶対、ダメ！　それから**宗教と文学も。**ふだんから、口を酸っぱくしていってんじゃん。

だから、最後まで聞いてください、っていってるでしょ。このすぐ後からは、もうまんこのオンパレードなんだから。

あのね、いくらまんこ出しても、**政治と革命と宗教と文学に行ったらお終《しま》いな**の。

なんで？

シラケルから。勃ったちんぽがしぼむから。わかる？　いったい、何年、ＡＶ監督やってるわけ？　おまえ、まだお客のことがぜんぜんわかってないね。ＡＶを借りるような連中はさ、ぜんぜんもてないやつとか、三十五になっても童貞のやつとか、吉野家の牛丼の並に山盛り紅生姜をかけるやつとか、引きこもりとか、風俗の女としかやったことがないから死ぬまでに一回でいいから素人の女とやりたいと思っているやつとか、奥さんにバカにされてやらせてもらえないやつとか、そういうやつばっかりなんだよ。やりたいけど、やれないやつなんだよ。それで部屋に二重に鍵をかけて、灯を消して、もちろん留守電にして、目の前にティッシュの箱を置いて、すぐにちんぽをいじれるようにパンツ一丁で、横になって、おもむろにヴィデオのスイッチを入れるんだよ。あとは、**まんこ**以外はいらないわけ。**まんこ**しか興味がないわけ。**まんこ**しか見えないわけ。それで、生まれてから一度もほんものと対面したことがないまんこを見ようとするわけ。まぁモザイクかかってるからほんとは見えてないんだけど。とにかく、自分が男優になってるつもりなんだよ。そして男優と一緒に心の中でセリフを呟いてるわけ。入れ……、なに聞こえないよ、入れ……、わかんないなにはっきりいってみなよ、入れてちょうだい、なにを入れてほしいのかなあ、あれ、あれじゃわかんないよ、いやん、なによく聞こえない、ちん……、ちん……なに、ちんぽ入れて、もっと大きい声でいわなきゃ、恥ずかしい、へええ恥ずかしいのこんなにぱっくり開いてるのに、いやあだめえんああちんぽ入れてえ！

社長。

なんだ。

迫真の演技ですね。それも一人二役で。

バカにしてるな。

滅相もない。

おまえの最大の欠陥は、バカになれないことなんだよ。

そんなことないですよ。おれのヴィデオ、社長も見て、知ってんじゃないですか。

オースティン・パワーズも真っ青。

ほら、すぐ外国人の名前出す！　どこが、おバカよ。ほんとのおバカは、ヤマちゃんみたいなやつのことをいうわけ。

いや、誉めてもらって嬉しいっす。

イシカワ、おまえ、ヤマちゃんの演技指導見てるだろ。見てますけど。よくやるよね、ヤマちゃんて。

ほら、また、他人をバカにしてる！　その驕り高ぶった態度！　おまえ、ＡＶをやる資格がないよ。内心、ＡＶを借りるやつをバカにしてんだよ。おまえは。上から目線なんだよ。だから政治と革命と宗教と文学に行っちゃうんだよ。

そんなことないです！

あのさ、ヤマちゃんは、ＡＶの女優に演技指導する時、真剣だよね。だって、あいつら、半分は掛け算できないし、漢字はほとんど書けないし、一度に二行以上のセリフ覚えられないし、どうしようもないだろ。だから、ヤマちゃんはからだ張って教えてんじゃん。おまえみたいに「腰を振って、それから親指を口にくわえて眉間に皺を寄せて」っていってるから「あーん、そんなにいろいろ一緒にできないーん！」ってばっくれられてお終いなんだよ。そこへいくと、ヤマちゃんはすごいよ、まず自分がベッドの上に行って腰振るからね。「ほら、こうやって腰振んだよ、でもって、手を股に突っこんでよ、ベロ嚙みチューして、こうだよ、こう！」って、男優の口にベロ入れるし。いや、それだけじゃないよ、パンツ一枚で四つんばいになって、しかも後ろ手でパンツ摑んで尻に食いこませて、「あふん、ダメン」とか呻《うめ》くんだぜ。この前なんか、女優があんまり下手だから、自分でフェラしちゃったもんな。ヤマちゃん、最高！

社長、なにがいいたいわけ？

だから、おまえのAVは政治が入ってるから使い物になんないのよ。

社長、そうおっしゃいますがビン・ラディンと9・11で政治抜きのAVって、無理！

心底バカだな、おまえ。どんな題材だって政治と革命と宗教と文学抜きにできるからAVなんだよ。

おことばですがね。社長が監督した作品はどうなのよ。『ボディコン戦争《ウォーズ》・自虐の黙示録』とか。

ああ、あれか。

サイパンまで行って、バンザイクリフの前で、日本軍の兵隊の恰好した男優にボディコンの女、レイプさせたんですからね。

「かしこみかしこみたてまつる我ら英霊は御国のため天皇のために皇国の楯となって死んでいったのに飲まず食わずしかもサイパンには従軍慰安婦もレイプできるような一般人もおらず結局誰ともやれず海ゆかばみづく屍となって山ゆかば草むす屍となりて楽しくもなんともなくたまに遺骨収集団が来るけどみんな爺さん婆さん

ばかりで色気もなんにもなしでいったいなに考えとんのやほんまにむちゃくちゃ腹立つででもまあ祖国も平和になったことやし我慢したろうと思っとったらなんや最近来るねえちゃんはみんなボディコンだのミニワンピだのキャミだのローライズだのホットパンツだのほとんど裸みたいな恰好でふらふら遊びやがってああもうあんまり頭に来たんで何弁でしゃべっていいのかわからへんけどね英霊英霊って聞こえはいいけどおれたちがなにもいえないのをいいことにして勝手に神様扱いしたり反省させたり靖国に来いといったり田舎まで自力で来いといったりもう生きてると思ってなにを威張ってんだか**おれたち英霊にも英霊権がある**こうなったらおまえらひとり残らず**犯してやる**おれたちが犯さなくてもなんか地元の外国人にヤラレてんじゃんああだんだん言葉遣いが悪くなってきちゃったぜよ」っていいながら、軍服着用のまま三人もレイプして、しかもそのうちひとりにはアナルに中出ししちゃって、社長、さすがにあの時は、こんなのビデ倫通るかと思ったら、通っちゃったんで驚いたけど。

そりゃ通るよ。**ビデ倫のやつらちんぽとまんこと毛しか見てないから、**大丈夫なんだよ。で、なによ？

社長だって、政治臭いやつ撮ってんじゃん。

ありゃいいんだよ。**売れたから。**

売れりゃいいのかよ！

決まってるだろ。おれは別に政治に興味があってあんなの撮ったわけじゃない。AVなんかおもしろけりゃいいわけ。エロければいいわけ。なんか、兵隊になってレイプするって感情移入しやすいみたいだな。若い軍事マニアとかに大受けだったし。あのヴィデオはずいぶんちんぽ勃てたと思うね。ありゃ、シリーズ化したかったなあ。

社長。

なに？

『ボディコン戦争《ウォーズ》・自虐の黙示録』もチャリティーAVでしたよね。従軍慰安婦として苦労なされたみなさんに寄付させていただ……くつもりだったんだけど、あれ、寄付する前に、なにかの間違いでヴィデオ見せちゃったからなあ。ヴィデオなんか贈らなきゃよかったよ。

それで？

怒られた。

当然でしょ。

えっと、それでどうしたんだっけ、カマタ？

あしなが育英会に寄付しました。

社長、いくら、チャリティーAVだって、英霊に悪いとか思わないわけ？

思わないね。なんで、そんなこと思わなきゃならんのよ。仮にだね、おまえが誰かに殺されてだよ、五十年たってそいつが墓の前に来て両手をついて謝ったら、嬉しい？

さあ。社長は？

おれが英霊なら嬉しくもなんともないね、だって、死んでんだから。なにされたってわかんねえよ。イシカワ、生きてるうちが花なのよ死んだらそれまでよってな。

むむむ。

そういうわけで、イシカワの『樋口一葉、ウサマ・ビンビン・ラディンに逢ひにゆく』は却下！

あの、他にもアイデアが……。

見え透いてるから、いいよ。で、ヤマちゃん。きみはいいの考えてきたよね。

もちろん‼　これっ、最高っすよ。

なんていうの？

社長、よく、聞いてくださいました。タイトルは、ジャジャーン！『不法侵乳──女子高生対アルカイーダ』

却下。

社長！　まだ、タイトルしかいってないんですけど。

タイトルだけでいいよ。ヤマちゃん、まだ女子高生もの作る気なの？　最近ぜんぶ一緒じゃん。

お願い！　ちょっとだけ話を聞いて！　あのですね、アフガニスタンに修学旅行に行った女子高生たちがアルカイーダに誘拐されるんですね。そして、女子高生たちはアルカイーダのキャンプでセックス漬けにされアルカイーダの「くノ一」にされるわけですよ。然るに一方、ニューヨークではホームステイに来ていた別の女子高生の一団が乗った飛行機がアルカイーダにハイジャックされちゃうんですね。生命の危機を察した女子高生たちは自分たちと他の乗客の生命を救うために立ち上がる……。で、どっちもアルカイーダの兵士たちとまんこするの？

そういうわけです。

ヤマちゃん、アフガニスタンにいるやつって、アルカイーダじゃなくてタリバンじゃないの？

アルカイーダもタリバンもだいたい同じでしょ？　そんな区別、AVファンにはつけられないっすよ。

ヤマちゃん、お前、すっかりヤキが回ったねえ。女子高生の乱交ものばかりじゃないか。

ぼくはおもしろいんですけど。

乱交ものはダメだっていってんだろ！　だいたい感情移入しにくいんだよね。それにもう、女子高生は古いんだよ、ヤマちゃん。

じゃあ、社長、なんかアイデアあるんですか？

ないから、アイデアを募集してんだろ！

面倒くさいからビン・ラディンもアルカイーダも止めます？

バカいうな。

社長。

なに？

チャリティーＡＶ作って、その収益を寄付するより、ふつうにＡＶをさくさく作って、その収益を寄付した方が手っとり早いんじゃないですか？

ヤマちゃん。

なんですか？

おまえ、プライド、ないの？

ありま……わかりません。

人間、逃げたらお終いだよ。

でも、社長。おれたちからの寄付だってわかると、いつも断られてるじゃないですか。**名前を隠して寄付するっていうのは？**

それもダメ。

なんで？

誰かのためになにかをするのに自分でないものにならなきゃならないなんておかしいから。

社長。

なに？

すごく単純なこと訊いていいですか？

いいよ。

バカにしない？

それは無理。

なんで？

おまえ、バカだから。

じゃあ、訊きません！

そんなこと気にすんなよ。で、なにを訊きたいわけ。

どうして、チャリティーAVを作るんですか？

なんだ、そんなことかよ。決まってんじゃん、**なんとなく**だよ。あと、**みんなやってるみたいだし。**

そんなんでいいんですかあ！

いいんだよ、理由なんか。

社長。

なに？

これは、「9・11同時多発テロ」で亡くなった人たちへのチャリティーAVですよね。

そうだよ。

あの……7月に明石の花火大会でたくさん人が死にましたよね。

そうだっけ～♪

それから～えひめ丸事件ってありましたよね～♪

ああ～あったあった～アメリカの潜水艦に衝突されて愛媛の高校の練習船が沈んだんだっけ～♪


唐突に歌が始まる。最近、うちで作るAVはみんなこれ。会社の方針なんだ。っていうか、社長と会長の趣味？**「AVミュージカル」**って、他社から、笑われてる……。

メロディーはもちろん、「ラヴァー・カム・バック・トゥ・ミー」。それにしても、ものすごく**不自然**。会話中に歌、というか、会話がそのまま歌に、なんて。でも、これを**不自然**と呼ぶなら、ミュージカルはぜんぶ**不自然**。

それから、おおげさな演技の、いわゆる「新劇」も**不自然**。いちいち見えを切る、歌舞伎も**不自然**。戦う前に延々とにらみ合いをする相撲も**不自然**。ジャニーズ事務所とAKB48のスキャンダルだけは報じない週刊誌やテレビも**不自然**だ。

いや、**出演者が必ずセックスするAVそのものが不自然の極み**。

人によっては、国旗や十字架に、頭を垂れるなんて**チョー不自然**だっていうし。

おれなんか、マックで店員が**「セットのポテトは如何ですか」っていうのも、ものすごく不自然**に感じるし。

でも、これ以上**不自然**について話をするのはやめようね。だって、この話をしていると、そのうち、**不自然じゃないものなんかないような気がしてくる**から。

会話が、途中から、歌に変わったって、当事者がそれでいいというなら、**楽しいなら、無問題《モーマンタイ》。**

それから～死者四十四人の～歌舞伎町ビル火災～♪

ああ～あれね～セクシーパブ……の店名～なんだっけ～♪

スーパールーズ～♪

スーパールーズ～♪

スーパールーズ～♪

スーパールーズ～♪（三人でハモる）

社長～だから～どうして～その時は～チャリティーＡＶ～作らなかったの～♪

うーん～死んだ人数が少ないから～かな～♪

じゃあ～ハイチの大地震は～死者はざっと二十万～そっちのチャリティーＡＶは～♪

うーん～作らなかったなあ～♪

それは～なんでですかあ～♪

外国だからじゃないかなあ～♪

でも～社長おお～同時多発テロも外国でしょ～アメリカなら作って～ハイチは作らない～なんて～その基準はなんですかあ～♪

うーん～**特にないかも～♪**

そんなんでいいんですかあ～♪

だから～**なんとなく～**っていってんじゃん～♪

なんとなく〜♪
なんとなく〜♪
なんとなく〜♪
なんとなく〜♪（三人でハモる）
はじまりは〜♪
なんとなく〜♪（三人でハモる）
途中だって〜♪
なんとなく〜♪（三人でハモる）
お終いも〜♪
なんとなく〜♪（三人でハモる）
ＡＶは〜♪（三人でハモる）
そういうジャンルなんです〜♪（三人でハモる）
トゥ・ビー〜♪
トゥ・ビー〜♪
トゥ・ビー〜♪
コンティニュードー〜♪（三人でハモる）
日本語でいうと〜つづきます〜♪（三人でハモる）

画面に大きく、休憩……

そして、フェイドアウト（溶暗）。

メイキング☆3

この素晴らしき世界

あの日。おれたちは会社で企画会議をやっていた。

実のところ、おれたちは、追い詰められていた。すっかり行き詰まっていた。

十年以上も前に「ＡＶ業界は終わりだよ」といわれていた。あんたら、時代から完全に取り残されている、と。そんなもの、もう誰も見ねえよ、と。

でも、なんとか今日まで、細々と食いつないできた。とにかく、おれたちが生きている間だけもってくれればいい、と思っていた。後は野となれ、山となれだ。

だが、気がついた時には、もう完全に崖っぷちだった。そこから落ちるのは時間の問題だった。

まずエロ雑誌がなくなった。若い連中が、裸のグラビアを見なくなった。いまの若いやつらは、オナニーなんかしないんだ。

いや、ちがう。やつらは、携帯に、無料動画をダウンロードして、それを見て、オナニーをするのである。だいたい、ヌードのグラビアが見られなくなったのは、そこに活字があるからだ。

「ほら、あたしのあそこ濡れてる……あなたの……すごいわ……はやく、触って」とか。それが面倒くさい、というのだ。**なんか文学っぽくてヤだ、**というのだ。どこが、文学っぽいんだよ！　まあ、文字が、というか活字が印刷してあるだけで、嫌われるのだ。

もうすぐやって来るにちがいない。**無文字社会が。**

いまではエロ雑誌は、付録のＤＶＤが本体で、雑誌の方は単なる「活字が印刷された袋」にすぎない。というか、おれの会社も、そういうＤＶＤを作ってる。信じられないくらい安い予算で。社長の計算では、下請けでそんなＤＶＤを作るより、マックでバイトをした方が割がいいそうだ。

毎月、一つか二つ、エロ出版社が潰れてゆく。毎週、一つか二つ、ＡＶ制作会社が潰れてゆく。昨日、週に一度は現場か酒場で会うか、道路で倒れているのを見たことがある監督が、別れの挨拶をしにやって来た。

「監督をやめてどうするんだ」とおれはいった。

「介護福祉士の資格をとるんだよ」とそいつはいった。「これから伸びる産業さ」

「なるほど」とおれはいった。ほんとのところ、おれは嫉妬していた。うらやましかった。こんな泥船にいつまでも乗っていて、いいんだろうか、おれ、と思った。まあ、ある意味、おれたちはずっと泥船に乗っていたわけなんだが。

その泥船は沈みかけていた。徐々に沈みかけていた。というか、もうほとんど沈んじゃってるのかもしれなかった。おれには、どうすることもできない。逃げるには遅すぎた。しかも、おれ……**泳げないし**。


まともな企画が一つも出ないので、暇つぶしに、おれは、出来たばかりの『ちんぽをガン見する奥さんたち・オナニーしてもいいけど、あそこに入れませんからね』シリーズの第五十五弾を見はじめた。

奥さん（もちろん、女優だけど）が、男優のちんぽを目の前、５センチのところで凝視する。ただそれだけの六十分。

匂いを嗅ぐ奥さんも、口に入れる奥さんも、裸になってオナる奥さんもいる。で、結局、男優が、そんな奥さんたちの顔や腹や脚に、ザーメンをかけて終わるのである。

「えっえっえっ！　なんで？　入れて、っていってんのに！」

どんなに奥さんが文句をいっても、**絶対、まんこには入れない**。だが、そんなことをして、どんな意味があるんだ？

見ているうちに、たくさんのことばが頭に浮かんだ。

腐敗。堕落。惰性。借金。サラ金。闇金。売春。**滞納**。差押え。盗作。**性病**。蓄膿。死体。窃盗。民主党。自民党。みんなの党。逃亡。脱落。**鬼畜**。虐待。

それから。

ビョーキ。低能。アル中。ヤク中。シャブ中。依存症。首吊り。**クズ**。ゴキブリ。ウスノロ。ガラクタ。イジメ。早漏。**ロリコン**。浣腸。変態。飲尿。耄碌。侮蔑。罵倒。盗癖。虚言癖。みのもんた。みのもんた。みのもんた……。

ダメだ……。目を瞑っていると、勝手に、頭の中で、もうひとりのおれが、目録かなんかを朗読しているみたいなんだ。こんなヴィデオを毎日見たり、作ったりしているからなのかもしれない。

あきらかに、**末期症状**じゃないか。おれはそう思った。だが、なにが？

この業界が？

おれが？

この国が？

にんげんが？

おれには、もっと輝かしいなにかが必要なんだ。おれはもっと有意義なことができたはずなんだ。

「気のせいだよ」

おれの頭の中で、静かに、誰かがいった。

「そうかも」おれは思わず、おれの頭の中の誰かに返事をしちまう。

輝かしいなにか、とか、有意義ななにか、とか、そんなもの、どこにあるんだよ。

その時、会長がいきなり、いった。

「関係ないけど、今の天皇は最高だよね」

「ああ、いいですね」と社長が答えた。内心ブルッていたにちがいない。社長と会長は、おれにとって尽きない謎だった。だいたい、このふたりにどういう共通点があるのか、おれにはわからなかった。

会長が、会社に来るのは、月に一度の企画会議のときぐらいだ。理由は「めんどくさいから」。その点では、おれと話が合うような気がする。

「ぼく、陛下のファンなんだけど、それは知ってるよね。今度、陛下がお出ましになるAVを作らない？」

「むりむりむりむりムリムリむりむりむりむりむりむりむりむり！　**絶対無理！**」

「なんで、なに作ってもいいじゃん。ガミちゃん、表現の自由だよ」

「会長、**日本に表現の自由なんかない**ことを知らないんですか！」

「えっ、なかったの？」

「はい！」

「なんで？」

「だって、**国民が表現の自由なんか必要ない**と思ってるからですよ！　そんなもの、あってもなくてもなんの関係もないと思ってるからです」

「なんだ、そうか」

「そうです」

「じゃあ、言論の自由は？　あるの、ないの？　どっち？」

「あるわけないでしょ、そんなもの！」

「えっ！　そうだったの？　憲法に書いてなかったっけ？」

「書いてあるだけ！　ああいうのを、絵に描いた餅っていうんです」

「ふうん、知らなかった」

「会長、何年、日本人やってるんですか。そんなことも知らないの？　信じられない……」

「わかった。おまえがそういうんだから、そうなんだよね」

「だから、とにかく、天皇とか皇室とか、ほんと止めてください。あと、最近ではマホメットとか。触らぬ神に祟りなし！　お願いします！　ほんと、何度ひどい目にあったと思ってるんですか！」

「でもさ、よく被災地に行って、腰を下ろして、話を聞いてるでしょ、あの人。すごい誠実さが伝わってくるんだよね。いい人だぞ、アキヒトは」

「しつこいなあ、会長……。だから、呼び捨てにしちゃ、ダメだってば！」

「それから、先祖の桓武天皇のお母さんが朝鮮出身っておっしゃったよね」

「そんなことありましたっけ」

「ほら！　確かに、おっしゃったんだよ。でも、その発言で、よく『非国民！』って、いわれなかったよね。あれ、おそろしいほどの、御決意で語られたと思うんだよ、ぼくは。で、陛下は絶対、翌日の新聞を見たと思うわけね。『ミチコ、ぼくの昨日の発言、ちゃんと新聞に載ってるかな?』『いえ、あなた、ほとんど載っていないみたいですわ』**『ダメじゃん、この国！』**っていってたと思うね」

「そんなバカな……」

「**国旗の掲揚は強制せぬのが望ましい**、っておっしゃっていたこともあったよね。わかってるよね、アキヒトは」

「会長、ファンだっていうのはよくわかりました！　でも、お願いだから、呼び捨てはやめてください！　もしかしたら、盗聴器がしかけられてるかもしれないじゃないですか！」

「いいじゃん、別に。なに、あのハシモトとかいう知事、日の丸を条例で強制させようなんてさ。あんな、**大御心がわからない知事なんか国賊だ！　大御心は言論の完全なる自由に決まってる！**」

その時だった。**２０１１年３月11日、午後2時半過ぎ。**

「揺れてる」会長がいった。

「揺れてますね」社長がいった。

「なんか」とおれはいった。「ヤバくないですか」

ヤバかった。揺れは、どんどん大きくなっていった。うちの会社が入っている築四十年のちっぽけなビルは酔っぱらったみたいに、ぐわんぐわん揺れ続けた。

お終いだ、とおれは思った。取立が来た、と思った。なんとなく。**いままでたまったツケを払わなきゃならんのだ。**

そうだ。いつかは来ると思っていた。だから、もっとやりたいことをやっておけばよかった。一度でいいから、メガてりやきを食ってみるとか。

いや、そうじゃない。おれは半ばパニックに陥りながら、しかし、案外、冷静に、こう考えた。この揺れは、**地獄の釜の蓋の震動**にちがいない。釜の蓋が開く時、こんな具合に揺れるんだ。そして、落ちるべきやつは、みんな、開いた釜の中に落ちてゆくにちがいない。たとえば、**おれ？**　んな、バカな。

「なに、びびってんだよ」会長がおれの肩を摑んだ。老人とは思えないぐらい、強い力だった。会長は、おれの肩を摑みながら、こういった。

「これぐらいで泡食ってんじゃないよ。**地獄の釜の蓋の震動はこんなもんじゃない**」

会長は**戦艦ヤマト**の乗組員だった。宇宙戦艦じゃない。波動砲を撃てるやつじゃない。森雪が乗船してるやつじゃない。あんな可愛い乗員がいたら、おれも乗りこみたい……。とにかく、海の上しか進めない、哀れなやつだ。歴史の教科書や「ＮＨＫスペシャル」に出てくるやつだ。アメリカに沈められたやつだ。

なんでも、会長の家の男は、みんな軍人だったそうだ。昔は、そういう家がたくさんあったんだ。

会長の父親は、中国のどこかで死んだ。機銃掃射にあって穴だらけで。

会長の兄貴は三人とも軍人だった。上の兄貴はアッツ島というところで死んだ。島にいた兵隊たちはどんどん死んでいって最後まで残っていた上の兄貴は刀を握ってザンゴウを飛び出しアメリカ軍に向かって突撃したが機銃掃射にあって粉々になった。父親と同じ死に方だった。まるで進歩がなかった。

下の兄貴はフィリピンのレイテ島というところで死んだ。食う物がなくなり、**手帖をちぎって、一枚ずつ食べた。**ヤギだ……。

最期はパパイヤの木の根元に座ったまま死んだそうだ。木といっても前を歩いていた兵隊たちが断ち割り、中の芯をみんな食った後だったので、皮だけしか残っていなかった。

同郷の兵隊が、座りこんでいる下の兄貴を見つけた。下の兄貴は目を瞑っていた。「なにか食いたい」と下の兄貴はその男にいった。なにもなかったので、その男は、枯れ葉をタバコのように巻いて、口の中に入れてやった。「噛めない」と下の兄貴はいった。なので、その男は、**下の兄貴の顎を押したり下げたりして噛ませてやった。**すると、下の兄貴は「うまい」といった。その後どうなったのか誰も見ていない。

真ん中の兄貴は、何年も中国で戦っていた。帰って来た時には、手も脚もなかった。おまけに結核にかかってもいた。だから、真ん中の兄貴は、帰って来てから、いちばんいい部屋に敷かれた蒲団の中でずっと過ごした。世話をするのは、母親だけで、他の家族は会うこともできなかった。

そういう家だったので、会長も当然、兵隊になった。会長は十八歳で海軍に入った。入隊する日、会長は、蒲団で寝たきりの真ん中の兄貴のところへ報告に行くことになった。大八車に乗せられて帰宅して以来、真ん中の兄貴の顔を見るのは初めてだった。

「行ってまいります」会長はいった。

手と脚をなくした、真ん中の兄貴は、顔だけを会長に向けた。家族全員が、真ん中の兄貴を注視した。すると、真ん中の兄貴は目を瞑ったまま、小さな声で呟くようにいった。

「……はするな」

会長は聞き違えたのかと思った。だから、

「兄さん、なんていったんですか?」と訊ねた。

なにしろ、帰宅してから五年間、真ん中の兄貴は蒲団の中から一歩も出たことがなく、世話する母親以外、話をした者もいなかったのだ。

すると、真ん中の兄貴は、今度は目をうっすらと開けて、呟いた。

「……はするな」

「はい」と会長は答えた。でも、ほんとうは「……」のところが聞こえなかった。母親が、「もう行け」と目配せしていた。その時、真ん中の兄貴のいったことばなんか確かめずに、さっさと行けばよかったのだ。だが、会長は、昔から、疑問をそのままにしておくことができない性格だった。

「あのお、兄さん」会長はいった。

「申し訳ないんだけど、よく聞こえません。もう一度、いっていただければたすかります」

「**強姦はするな、つってんだよ!**」

会長は返事をすることもできずぶるぶる震えて、頭を畳にくっつけて、やっとこさ、こういった。

「行ってまいります。お国のために」

「**ダッセーな、おまえ**」

それからは、後ろも見ずに、家を出て、会長は海軍に入隊した。最初で最後の勤務先が戦艦ヤマトで、仕事は信号兵だった。

1945年4月7日、ひっくり返った戦艦ヤマトから、会長は海の上に投げ出された。会長は必死に立ち泳ぎをしながら。すぐ横では、見張兵のカタヒラという男も立ち泳ぎをしていた。カタヒラは二十歳で童貞だった。

「**おまんこ、見たことある?**」重油の浮いた海面を漂いながら、カタヒラはいった。

「えっ?」会長はいった。なんだか、いまいる場所にふさわしいことばとも思えなかかった。まあ、そういう時にふさわしいことばがあるのかどうかもわからなかったのだが。

「ないよ」会長はいった。実は嘘だった。若い、来たばかりの十五歳の女中に見せてもらったことがあった。というか、それは二度目だった。一度目は、昔からいる五十歳の女中が勝手に見せてくれたのだ。ヤッたことはなかったが、少なくとも、見たことはあった。

「おれも」カタヒラはいった。

米軍の飛行機が近づいてきては海上に機銃掃射をした。その度に浮いていた兵士が叫び声をあげ、それから、沈んでいった。

「**おまんこ**、見たかったよね」

「うん」


爆発音と銃撃音と兵士たちの悲鳴が続く海上に歌が流れていた。漂流している兵士たちが「赤とんぼ」を歌いはじめたのだ。「夕焼け小焼け」事件として歴史に名高い、あの瞬間だった。その歌声につられるように、カタヒラも歌いはじめた。だが、カタヒラが歌ったのは、「赤とんぼ」ではなかった。

「カタヒラ」会長はいった。

「おまえ、なに歌ってんの？」

『ディック・ミネの『ダイナ』』

「おおダイナ〜私の恋人〜胸にえがくは〜美《うる》わしき姿〜おお君よ〜♪

ダイナ〜紅《あか》き唇〜我に囁け〜愛の言葉を〜♪

ああ〜夜毎《よごと》君の瞳〜慕わしく〜想い狂わしく〜♪

おおダイナ〜許せよくちづけ〜♪

我が胸ふるえる〜私のダイナ〜♪」

会長は、カタヒラがウィスパー・ヴォイスでしっとりと歌う「ダイナ」を聴いていた。

「カタヒラ、拍手したいけど、拍手したら、溺れるから、できないんだ、ごめん」

「いいよ、気持ちだけで……あっ！」

「なに？」

「**おまんこ**……なんだけど」

「えっ？」

「ごめん……こんな時に、また、**おまんこ**の話ばかりで、イヤ？」

「そんなことはないよ」

「どういう形なんだろう」

「さあ……」

「ちんぽとはずいぶんちがうんだろうねえ」

「たぶん」

「おれ、いつも想像してんだよ」

「なにを」

「おまんこの形」

そういうと、カタヒラは片手で空中に奇妙な形を描いた。わけがわからん。会長は思った。**おまんこは、そんな形じゃないぞ、カタヒラ。**

「知ってる？」またカタヒラはいった。

「なにを？」

「ディック・ミネって、**ちんぽがデカいらしい**」

「マジ？」

「マジ」

それからなおも時は流れた。爆発音と銃撃音と悲鳴もまた。

「ねえ」カタヒラがいった。

「なに？」

「もう一曲、歌っていいかな？」

「いいねえ」

「なんか、歌いたい気分なんだ」

わかるよ、カタヒラ。おれも音痴じゃなかったら、歌いたい。

「じゃあ、リズムをやってくれる？　こういうの」

カタヒラは両手で器用に水面を叩き、不思議なリズムを刻んでみせた。

「やってみて」

「いいよ」

会長もカタヒラの真似をして、両手で、水面をドラムのように叩いた。

「なんか、いいね、これ」

「そうだろ！　おれ、この曲、好きなんだよね。じゃあ、やろうか」

「うん」

「『手おくれ』と言われても～♪

口笛で答えていた　あの頃～♪
誰にも従わず～♪
傷の手当もせず　ただ～♪
時の流れに身をゆだねて～♪
いつかは誰でも　愛の謎が解けて～♪
ひとりきりじゃいられなくなる～♪
オー・ダーリン　こんな気持に揺れてしまうのは～♪
君のせいかもしれないんだぜ～♪
Ｈａｐｐｉｎｅｓｓ＆Ｒｅｓｔ～♪
約束してくれた君～♪
だからもう一度あきらめないで～♪
まごころがつかめるその時まで～♪
ＳＯＭＥＤＡＹ～♪
この胸に　ＳＯＭＥＤＡＹ～♪
ちかうよ　ＳＯＭＥＤＡＹ～♪
信じる心いつまでも　ＳＯＭＥＤＡＹ～♪」
気がつくと、会長たちの周りで、立ち泳ぎをしたりしぶとく漂流物にしがみついていた兵士たちも、「SOMEDAY〜♪」のリフレインを一緒に歌っていた。

「いつかは誰でも　愛の謎が解けて〜♪

ひとりきりじゃいられなくなる〜♪

ステキなことはステキだと無邪気に〜♪

笑える心がスキさ〜♪

Happiness&Rest〜♪

約束してくれた君〜♪

だからもう一度あきらめないで〜♪

まごころがつかめるその時まで〜♪

SOMEDAY〜♪

この胸に　SOMEDAY〜♪

ちかうよ　SOMEDAY〜♪

信じる心いつまでも　SOMEDAY〜♪」

「カタヒラ」会長はいった。「いいね、すごくいい。もっと歌う？」

カタヒラはニッコリ笑った。いい笑顔だった。**おまんこ**の形なんか知らなくても
いい笑顔はつくれるのだ。

「ありがと、でも……」

「なに？」

「おれ、もうだめみたい」

「頑張れよ、カタヒラ！」

「ごめん……もう疲れた、……それに、すごく眠い……」

そういうと、カタヒラは目を閉じた。会長は叫んだ。

「カタヒラ！　起きろ！　死んじまうぞ！」

カタヒラは、目を閉じたままニッコリ微笑んだようだった。そして、確かに、最期にこういったのを、会長は聞いた。

「どうして、**どこからも助けが来ないんだ？**」

カタヒラは、ゆっくりと水中に沈んでいった。会長には、微笑んだまま沈んでゆくカタヒラの表情が見えた。

「カタヒラ！」会長は叫んだ。

「おまんこの形、だいたい合ってたぞ！」

会長は、それからなお、しばらく漂流しながら、たった一つのことだけを考えていた。

「もし生きて帰れたら、おれは**おまんことちんぽのことだけを考えて生きてゆ**

く！　絶対！」

会長は生き延びた。生き延びて、駆逐艦《くちくかん》に拾われた。何百という兵士が、駆逐艦から放り投げられた縄にしがみついた。

「全部は助けられん！」

艦の上では、将校が、上がってくる兵士たちの手首を次々と軍刀で切り落としていた。会長の前を昇っていた兵士は手首を切られて海に落ちた。後ろを昇っていた兵士もだ。だが、会長は、生き延びた。手首も失わずに。生き延びて、家にたどり着いた。

たどり着いた会長が、母親に最初にいったのは、「兄さん、生きてる？」だった。

「あんた！　ぎりぎりだよ！　早く、兄ちゃんの部屋に行って！　兄ちゃん、もう死んじゃうから」と母親はいった。

会長は、靴だけ脱ぐと、着替えもせず、手も洗わず、兄貴が寝ている部屋に、走りこんだ。

家族全員が集まっていた。医者がいた。坊主もいた。

「ただいま戻りました。兄さん！　兄さんの言いつけを守って、**強姦はしませんでした！**　っていうか、まるで、女っ気がなかったんですけど。とにかく、ぼくは、これから一生、まんことちんぽのために生きていきます！」

おお、という声が沸き起こった。もう、何ヵ月も目を瞑ったままだった真ん中の兄貴がうっすらと目を開けたからだ。

「あいかわらず、ダッセーな、おまえ。ちんぽは余計だ、まんこだけでいい」

そして、真ん中の兄貴は、また浅い眠りに落ちた。それから、なお三日、真ん中の兄貴は生きた。三日目、立ち会っていた主治医が、家族に告げた。

「あと、僅かです」

母親は泣き崩れた。叔母たち、叔父たち、その他大勢の親戚たち、および女中たちも。会長は、兄貴の耳もとに、口を近づけ、小さい声でこういった。

「兄さん。最期に、なにかいいたいことはありますか」

その時だ。どこからか音楽が流れはじめた。それぱかりか、真ん中の兄貴に一条のスポットライトがあたった。

真ん中の兄貴は目を開けた。そして、歌いはじめたのだった。

「木々は緑に～赤いバラはまた～ぼくやきみのために花を咲かせ～ぼくの心をうつ～♪
ホワット・ア・ワンダフル・ワールド～♪」

兄さんが狂った。会長は思った。また歌か……。カタヒラと同じだ。しかし……しかし……この曲、マジ、カッコいいんですけど……。

おおおおっ。どよめきが起こった。厳粛な死の席はパニックに陥ろうとしていた。だが、それでも、音楽は流れつづけ、真ん中の兄貴の口からは、美しい歌が溢れた。

「空は青く～雲は白く～輝かしい祝福の日に～神々しい夜に～すべてがおれの心をうつ～♪
ああ～ホワット・ア・ワンダフル・ワールド～♪
最期にいっておきたいんだけど～おれが好きなのは～♪
映画でいうと『ジャズ・シンガー』に『四十二番街』～ああ～♪

フレッド・アステアとジンジャー・ロジャースの『有頂天時代』～♪

ぶっちゃけ～御国のためにとかぜんぜん思ってないのは～それはおれが～♪

本来～アメリカンポップカルチャーが好きだから～♪

なにが悲しくて～中国まで出かけて中国の人を殺さなきゃなんないんだよ～意味わかんない～♪

ほんと～『オズの魔法使』を見ずに死ぬなんて～マジむかつく～♪

おれの夢は～サッチモとデュエットすることだったのに～♪

ああ～ホワット・ア・ワンダフル・ワールド～♪

そうだ～マサヨシ～♪」

「なに～兄さん～♪」

なんということか。会長の口からも妙なる音楽が流れ出ていたのだ。

「タカハシ家の秘密～おまえ～知ってるかい～♪」

「知らないけど～♪」

「いちばん上のタカヒロ兄さんな～フランス映画のマニアでさ～神田の下宿～部屋中にブロマイド貼ってたんだぜ～♪

『我等の仲間』のヴィヴィアーヌ・ロマンス～♪

『舞踏会の手帖』のマリー・ベル～♪

『どん底』のジュニー・アストル～♪
『女だけの都』のフランソワーズ・ロゼー～♪
ああだからタカヒロ兄さん～愛するフランスを蹂躙した～ナチスドイツを～♪
蛇蝎《だかつ》の如く嫌いまくってたっけ～♪
ともかく～タカヒロ兄さん～フランス人に近づくべく～♪
本気で金髪に染めようとして母ちゃんに怒られたって～まあほんとはフランスの俳優は金髪少ないんだし～金髪多いのは～兄さんの嫌いなゲルマン民族なんだよね～♪
そのバカっぽいところが～うちの家族らしいよね～♪
ああ～ホワット・ア・ワンダフル・ワールド～♪」
「マジですかあ～♪」
「マジマジ～それだけじゃないよ～♪
下の兄貴のリュウゾウだけどな～大学にも行かないで～♪
シャンソン歌ってばかりいたんだから～♪
慶應大学の仏文に入ったのも～シャンソン歌いたかったからだし～♪
十八番の～リュシエンヌ・ボワイエの『聞かせてよ愛の言葉を』とか歌わせると～絶品だったし～♪
ダミアにファンレター送ってたしなあ～♪

それからどさくさ紛れにいっちゃうけどさ～親戚中で英雄視されてるみたいなんだけど～『関東大震災時のオオスギサカエ殺し』で満洲へ逃げた**憲兵のアマカス叔父さんな～♪**

あの右翼の叔父さんね～っていうかアナキストのオオスギサカエはともかく～♪

いやアナキストでも殺人はいけません～とにかく女子ども殺した段階でありえないっしょ～♪

おれもタカヒロ兄さんもリュウゾウもだいっ嫌いだったしな～♪

ああ～ホワット・ア・ワンダフル・ワールド～♪」

「兄さん～どの話もおれ一度も聞いたことないものばっか～♪」

「だから～最期におまえを～びっくりさせようと思ってさ～♪

ああ～残り少ない～体力～みんな使っちゃった～もうお終い～♪」

真ん中の兄貴は激しく咳きこみ、それから大きなためいきをつき、静かになった。

そして、ぴくりとも動かなくなった。瞼も固く閉じられていた。

医者が聴診器を真ん中の兄貴の胸にあて、それから、悲しそうに、頭を横に振った。

「兄さん～♪」

「カズヒコ～♪」

「カズヒコさん〜♪」

「お兄さん〜♪」

その時だ。

真ん中の兄貴は、カッと目を見開いた。最期の力をふりしぼって。そして、呟くように、歌ったのだ。

「そうだ……マサヨシ〜♪」

「なに〜？　兄さん〜♪」

「レ……レ……レ……〜♪」

「なんだい〜？　なに〜？　兄さん〜？　なにがいいたいんだい〜♪」

「レ……レ……ディーズ……アンド……ジェ……ントルメン……ショー……イズ……オーヴァー……って……おれが最期に……そんな……洒落たこと……いうわけ……ないじゃん……おまん……こ……〜♪」

みんなは、真ん中の兄貴が、次にいうことばを待った。だが、次のことばはなかった。

真ん中の兄貴は、びっくりしたように目を見開いて、絶命していた。たぶん、ほんとうにびっくりしていたのではないだろうか。こんな素晴らしい世界に生まれたことを。

タカハシカズヒコ、享年二十九歳。

会長のいってることがおれには、ほとんどわからない。すべてが理解を絶している。手帖を食う……。宇宙戦艦……じゃないヤマト……。漂流しながらディック・ミネ……。みんなで歌う「ＳＯＭＥＤＡＹ」……。手首を切り落とす……。スポットライト……。なんだそれ。どれもこれも日本史の教科書に載ってないじゃん。ああ、でも、載ってたとしても、読んでないから、同じだけど。

「まだ揺れてる」おれはいった。

「ずっと揺れてたんだよ」会長はいった。「何十年もな」

「ほんとですか！　気がつかなかった！」

「鈍いからだよ」会長はいった。

なるほど。おれは思った。確かに、会長のいう通りなのかもしれん。ずっと揺れてたんだ。でも、おれは、鈍くて気づかなかったんだ。

棚という棚が倒れ、中に積んであった、途方もない量のヴィデオが部屋中に散乱していた。

おれは、そのヴィデオに映っている、**無数のまんことちんぽ**のことを思った。

地獄の釜の蓋。おれの頭の中の誰かがいった。デカい声で。

「よし、企画会議を続けるぞ」会長がいった。

おれたちは、まずヴィデオを片付けることにした。すると、また大きく揺れはじめた。でも、おれは驚かなかった。なにしろ、**ずっと揺れてたんだから、何十年も**。

メイキング☆4
虹の彼方に
(オーヴァ・ザ・レインボー)

おれたちは、なにもしゃべらず、テレビを見ながら、会議室にずっとこもっていた。おれたちは、死ぬほど津波の映像を見た。そして、なにもかもが流されるところも。それから、ゲンパツが爆発するところも。

後は、その繰り返しだった。

もう見る必要はないんじゃないの。おれはそう思った。もっと他に見るべきものがあるはずだ。だが、テレビでは、他の映像を見ることができなかった。だから、おれたちは、ネットの上で映像を拾った。そして、見た。数えきれないほど。こんな映像ばかり見るぐらいなら、消費者金融のCMを見る方がましだ、とおれは思った。でも、そんなものはどこでもやっていなかった。

「会長。まだ見るんですか？」しびれを切らして、おれはいった。

「だって、ぜんぶ同じですよ、いくら見ても」

「知ってるよ」会長はいった。おれは座ったまま椅子をクルリと回して、社長の方へ向き直った。

「社長。まだ見るんですか？　ぜんぶ同じですよ、いくら見ても」

「知ってるよ」社長はいった。

一週間が過ぎ、二週間が過ぎた。

一日に一回、おれは、外へ出た。社長と会長の食うものを買うために。いや、おれのものだが。

エレベーターは壊れていた。だから、階段を降り、外へ出て、また階段を昇るのだ。ビルの出口には、いつもホームレスの爺さんが座っていた。

やつはすごい臭いを放っていた。この界隈に出現するようになって五年、やつは、一度も風呂に入っていないんだ。というか、着替えてさえいない。確か、最初に見た時、やつが着ていたのは、ボロボロのセーターの上にボロボロのコート、ボロボロの作業ズボンだった。そして、ボロボロの作業靴をはいていた。

しかし、いまや、やつのからだをおおっているのは、「服」ではなかった。ぶ厚い垢の上を、細かく裁断され、すだれのように垂れたリボン状のものが、おおっていた。靴は、おそらくすり減って消滅し、その代わりに、元は皮膚であったものがある種の靴の役割を果しているようだった。

おれは、外へ出る度、やつに100円やることにしていた。善行を施したいからじゃない。**なにもやらないと不安で仕方ないからだ**。なにか悪いことをしているような気がするからだ。やつに脅されているような気がするからだ。ほんとうは、一刻も早く、どこかへ消えてほしいと思っているからだ!

やつは、「あの日」から、ずっと機嫌がいいように見えた。ちらっと見るだけじゃわからない。だが、おれは、何年もやつを見てきたから、わかるんだ。

「じいさん」

おれは、遠くから、やつに100円、放り投げた。やつの半径2メートル以内に近づくなんて、おれみたいなふつうの人間には無理だ。

「元気かい？」

やつは、目の前に投げられた100円を掴み上げると、一度凝視して、こういった。

「いいよ。**最高だよ。最高**」

おれは油断していた。話しかけても、やつは、返事なんかしたことがなかったからだ。

やつがしゃべったので、おれは慌てて、ついやつの目を見てしまった。意志が感じられない目だった。その目の向こうにはなにもない感じがした。ただ赤く、濁って、ギラギラしていた。なんだか、おれは、やつとどこかで会ったことがあるような気がした。

おれの頭の中の誰かがいった。

「やつは、なんという名前で、どんな人生を歩み、いったい何歳なんだ。それから、こいつ、**ほんとに男なのか？**」

おれは逃げるように、やつから離れた。買い物に出てきたことを忘れて、コンビニでもらった袋を下に置いたまま、会社に戻った。会長と社長は、疲れ果てて、ふたりともソファで仮眠していた。

おれは部屋の隅で新聞を読んでいるジョージの隣に座った。ジョージは、知らんぷりをしていた。だから、おれは、いった。

「ジョージ、いま、そこにいるのか?」

ジョージは、時々、どこかへ出かけるんだ。「ジョージ」であるところのからだを残して。どこに行くのかは、教えてくれない。

「イルヨ」ジョージはいった。「何カ用?」

もちろん、ジョージはすべてお見通しのはずだ。おれが知りたがっていることを。あの男がなんという名前で、どんな人生を歩み、いったい何歳で、それから、ほんとに男なのか……それから……それから、もしかして……。

「教エテホシイ?」ジョージはいった。

おれは、ほんの少しの間、考えた。とりあえず、おれの頭は使い物になるかどうかを。

　1+1=2。これなら、なんとか。

「止めとくよ」とおれはいった。

「何でも知りたがるのはビョーキだから」

「ワカッタ」とジョージはいった。

　そして、ジョージは新聞に戻り、熱心に読みはじめた。

　おれは思った。いったい、こいつは何を読んでいるのだろう。あんな、ものすごい能力を持っているなら、新聞の記事なんか必要ないはずだ。だとするなら、こいつは、あそこから、おれたちとはちがうなにかを、読み取ることができるんじゃないだろうか。ジョージが、おれを見た。おれはいった。

「ジョージ、なにもいうな。おまえが、なにをいっても、傷つくから」

「イイヨ」ジョージはうなずいた。

「イシカワ」ソファにもたれ、目を閉じたまま社長がいった。

「なんですか?」

「あるやつが二十年ぶりに釈放されて娑婆《しゃば》に出てきた」

「誰です、それ?」

「そんなことはどうでもいい! おれの話を聞け! でもって、そいつの友だちがお祝いに銀座のクラブに飲みに連れていったわけ」

「そりゃよかった」

「でも、そいつがなんだかすごく暗いんだ。店の女の子たちがいくら話しかけても、ほとんど返事もしない。『お客さん、無口なんですね』って女の子がいった。そしたら、そいつは『そうじゃないよ。長い間、牢屋に入っていたから、しゃべり方忘れちゃったんだよ』っていったわけ。『へえ、よかったじゃないですか』と女の子がいったら、そいつは『よかったんだけど、なんか元気出ないんだよね』と答えた。だから、女の子が気をきかしたつもりで、こういったんだ。『お客さん、元気出そうよ。別に、人を殺したわけじゃないんだから、楽しくやってけばいいでしょ』。そしたら、そいつは、こういったのさ。『うーん……ごめん、おれ、人を殺しちゃったんだよね……雰囲気、壊しちゃった?』」

おれは、社長の話の続きを待った。それから、いったい、どういうつもりでそんな話をしているのか。そのわけも。

「………………」

「社長……」

「いきなり、なんだ！　起こすなよ……寝てるんだから」

「……続きは？」

「なんの？」

「二十年ぶりに釈放された人の話」

「ああ……あれで終わり。そうだ！」

「なんですか？」

「今度もチャリティーAVを作るけど、監督はおまえね。会長もそれでいいって」

「なんで……おれなんですか」

「うーん。だって……」

おれは、おれが監督をやらなきゃならないわけを社長が説明してくれるのを待った。

1分……2分……3分……。

「社長……」

「ワアッ！　だから、もう少し寝かせてくれっていってんだろ！」

で、おれは待つことにした。待つことには慣れていた。半世紀以上待ってるんだ。

5分や10分待っても同じだ。

いや、いくら待っても、おれが来てほしいものが来る気配はないんだが。

おれは、社長や会長は放っておいて、もう家へ帰りたいと思った。人間だれしも、どこかへ帰らなきゃならんのだ。バタンキュー。そして、また朝になったら、会社にやって来る。なんのために？　しばらくたって、また家に戻るためさ。だったら、ずっと家にいる方がずっとシャレてるかも。そうでなきゃ、ずっと会社にいるとか。

いかんいかん。おれ、すっかり気が滅入っちゃってるみたい。

ビールでも飲むか。でも、二日酔いになるのは御免だ。おれはちょっと考えた。なにか、おれを慰めてくれるものはないのか……。

結局、おれは、編集室に行って、ヴィデオを見ることにした。おれたちが作ったAVだ。会社には、他に見るものなんかありゃしない。

兵士がひとり、地面にうんこ座りしていた。たぶん、前の戦争のときの日本陸軍の恰好だった。おれは、校閲係でも、ＮＨＫの「その時歴史が動いた」の考証を担当しているわけでもないから、はっきりしたことはわからないが。とにかく、そいつは、景気の悪そうな顔つきをしていた。おまけに、栄養状態も悪そうだった。おまけに、ひどく退屈もしているようだった。おまけに、その他いろいろだった。

「やれやれ」兵士はいった。「やれやれ」

そこに、別の兵士らしい男が近づいてきた。

「すいません」

「なに？」

「ここ、どこですか？」

「ヤスクニ神社に決まってんじゃん」

「じゃあ、あなたは？」

「英霊だよ！　何に見えるっていうの？　ディズニーランドのキャストに見える？」

「そんなこといってませんけど」

「で、なんか用？」

「少し、ここにいてもいいでしょうか？」

「いいんじゃないの。ところで、あんた、誰？　おれと同じ軍服着てるけど、どこの連隊の人？」

「あの……なんと説明していいのやら、チョーセン人というかカンコク人というか……そちらの方に所属してるのにニッポン軍に入って死んだってわけで」

「じゃあ問題ないじゃん。おれたちの同僚でしょ。ここに座りなよ」

「いえ、まだ続きがあるんですよ」

「どんな？」

「結局、わたくしたち、ここに祀《まつ》られまして」

「ますます問題ないじゃん」

「ところがですね、元々、チョーセン人というかカンコク人というか、そちらに属していたわけで、結局、四十年後に、ここからカンコクに引っ越すことになったんですよ」

「そうだったの！　知らんかった」

「そうでしょ。そういうことって、なかなか報道されませんからねえ。でも、あっちへ行ってもなんか肩身が狭いわけですよ。なにしろ、所属はニッポン軍だったわけですから、国立墓地には住めないし」

「じゃあ、なに、あんたたち、民間の墓地に住んでるわけ？」

「そうです」

「気の毒に。いいよ、好きなときに、来ればいいよ」

「ありがとう」

「あのお……」

「あんた、誰？」

「あっ……はい。チュウゴク軍の兵士だったんですが」

「あんたも、昔、ニッポン軍だったとか？」

「いえ、そうじゃなくて……ふつうに、チュウゴクでニッポン軍に殺された兵士ですが」

「ああごめん！　ほんとごめん……」

「いえいえ、我々兵士は、命令を受けたらなんでもやらなきゃいけないわけで。お互いさまですよ」

「怒ってない？」

「……そんなには」

「で、ここでなにしてんの？」

「観光旅行であちこち回ってるうちに、道に迷っちゃって。ご迷惑でしたか？」

「とんでもない！　謝らなきゃならんのは、こっちだよね。チュウゴクから来たんだっけ、あんた？　いやあ、あの時は、ほんとに悪いことをしたと思うよ」

「そこで、なにをしてる！」

「なにって、見ればわかるじゃん、宴会だよ。地べたに座って、みんなで缶ビール飲んでるだけ」

「**皇軍以外の兵士**も交じってるようだが」

「それが、なにか問題でも？」

「なにか、だと？　ここをどこだと心得とるんだ！　ヤスクニだぞ！　どうして、外国の、しかも敵国の兵士がおるんだ！」

「おっさん」

「おっ、おっさん？　貴様、上官に向かって、なんという口のきき方をするんだ！」

「うるさいね。死んじまったら、上官も部下もないんだよ。あの、みんなで話し合った結果、**今日から、ヤスクニでは、パスポートの提示を求めないことにしたんで。どの国の英霊も出入り自由**になったんだよ。そこんところよろしく」

「そんな馬鹿な話があるか……」

「ところがあるんだよね、ヤマちゃん」

「ヤマちゃん……って誰だ！　そうじゃなくって、ここをどこだと思っとる。このような違法な集会は禁止する！　敵性ガイジンは立ち去れ！」

「ヤマちゃん、ノイエ・ヴァッへって知ってる？」

「ヤマちゃん、じゃない、って！　なんだ、それ？」

「同盟国ドイツの国立中央追悼施設、要するにドイツのヤスクニなんだけど。そこはさ、ドイツの軍人はもちろん民間人も、それから、ドイツと戦ったすべての国の軍民から、ナチスに迫害されたユダヤ人から同性愛者までみんな祀ってるわけ。それって、よくね？　おれらもその方式でやることにしたから。っていうか、もっと幅広くだけ**ど。『ニュー・ヤスクニ』は、交通事故の死者に過労死した人、公害病認定者に未認定者、虐待死した子どもから実験動物まで、あらゆる死者を受け入れる施設として生まれ変わりました！**　以後、よろしく！」

おれはヴィデオのスイッチをＯＦＦにした。間違えた……。社長の監督するＡＶを見るなんて。いや、おれは、こういうの、政治的っていうんじゃないのって文句をつけてるんじゃない。社長のＡＶは、まんこのところにたどり着くまでが長すぎるっていいたいだけだ。っていうか、時々、一時間も関係ないシーンがあって、最後に３分ぐらいしかまんこがないこともあるし。

それにしても、社長なんだが。いったい、なにを考えているのか、おれにはさっぱりわからんのだ。

というか、社長がどんなやつなのか、おれはよく知らない。まあ、社長どころか、たいていの人間のことをよく知らないんだが。

ちょっと待て。

おれには、誰か「わかってる」といえるやつがいるだろうか？　**ねえ、あんた、おれはやつのことがわかってる、ってやつ、いる？**　おれは、いないけど。おれが、社長について、わかっていることというと、**ウンコが好きだ**、ということだ。それだけだ。他のことはさっぱりわからない。何回結婚してるのか、本名が何というのか、ほんとうに日本人なのか、さっぱりわからない。だが、少なくとも、**ウンコが好き**、という一点だけは間違っていないと思う。

おれが、「うちの社長は**ウンコが好き**なんだ」というと、「そういう人もいるよね。ＡＶ業界には」って相づちをうつやつがいる。ぜんぜんわかってないね。

確かに、「ウンコＡＶ」というジャンルは存在している。そして、その「ウンコＡＶ」にも、「食糞」、「塗糞」、「見糞」、「嗅糞」、「語糞」というジャンルがある。最後のやつは、「ウンコ」の「ウンチク」なんだ……。「鉄道マニア」と一緒だよな。で、だいたい、「ウンコ好き」は、「鉄道マニア」と一緒で、自分の好きなジャンルにこだわりがある……意味がわからんけど。

ウンコを食うのが好きなやつは、ウンコを塗りたくるやつを「バカだ」という。ウンコを見るのが好きなやつは、ウンコを食ったり塗ったりするやつを「邪道だ」っていう……（笑）……。ウンコについて「ウンチク」をかたむけるやつは……以下同文だ。

あの。正直にいってくれませんか。あんたら、おれのことを変態だと思ってない？

ひとこといっておくけど、おれは**ウンコなんかどうでもいい！**　おれもウンコをするけど、なるたけ見ないようにしている。ふつう、そうだろ？　**どうでもいい！**

ほんとに、どうでもいい！

おれは、社長の話をしてるだけ！　わかってるよね……。

では、続けることにしよう。

どうでもいいことなんだが、ウンコを食べるやつの中には、派閥がある。「固いウンコ」派、「軟便」派、「下痢便」派……って、おれも、これ以上、こんな話したくないんだよ。頭がおかしくなってくるから。なんで、ウンコなんか食いたくなるんだろう……。あれって、そもそも、食った結果出てくるものじゃないのか？　それを食って、どうすんだよ。また、ウンコになるだけじゃん……わけがわからん……。

あの……派閥はさらに、細かくなるわけ、っていうか、ちがう種類の派閥っていうか。「繊維質のものを食べた結果のウンコ」派、「肉を食べた結果のウンコ」派、「和食中心の生活で得られたウンコ」派、「ジャンクフードばかり食ってるやつのウンコ」派……。

なに？　聞きたくないって？　もう聞きたくない？　そりゃそうだ。だって、**おれだってしゃべりたくない！　金輪際！　ウンコの話なんか！　もっと高尚な話をしたい！**　……って、どんな話題が高尚なのか、おれにもわからんけど。二十年もＡＶ監督をやっているせいだと思う。その前は、もう少しまともだった。高尚な話だってできた、たとえば……たとえば……だめだ、なにも思い出せない……。なんだっけ……社長が、ウンコを好きって話だったっけ。ふつうの「ウンコ好き」は、ジャンルに分かれる。うちの社長は違う。食べるし、塗るし、見るし、嗅ぐ。しゃべるのも好きだ。ウンコのことなら、なんでも好きなだけなんだ……。

☢

よく考えてみりゃ、妙な話だ。二十年も付き合ってるのに、ウンコのことしか知らないなんてな。いや、おれだけじゃない。誰も知らないんだ、社長がなにものなのか。

なにしろ、自分のことをなにひとつしゃべらないんだから。まあ、会長なら知ってるかもしれんが。

おれが会ったときには、もう、英霊や老婆やコビトやショーガイシャや浮浪者や頭のおかしいやつを使って、なかなかまんこに行き着かないAVを撮る監督だった。社長は、いつも嬉しそうにAVを撮っていた。なにが楽しいんだか、いつもはしゃいでいた。警察にしょっぴかれても楽しそうだった。右翼に押しかけられても機嫌がよかった。フェミニズムの団体が抗議にやって来ると「あんたも出演しない？」といって、余計、怒らせていた。

でも、それだけだった。あとは、なにもわからなかった。

待てよ。

一回だけ、社長が過去の話をしたことがあったっけ……でも、あの話も最後はウンコに行き着くだけなんだが……。

ずいぶん昔のことだった。

社長は、ベイルートの近くにいた。そのずっと前から。そして、あることをしていた。あること？　それじゃあ、なんだか、わからないけど。

でも、ベイルートにはいられなくなった。でも、日本にも戻れない。だから、社長は、さまよった。さまよって、さまよって、最後には、ある場所にやって来た。

社長は、なにも知らずに、そこに入っていった。たまたま、封鎖されていなかった、小さな道を通って。

それが、難民キャンプに通じる道であることも、そのあたり一帯がイスラエル軍の制圧下にあったことも、三日前から、虐殺が続いていたことも、そのとき、社長は知らなかった。

最初に見たのは、玄関の前に座った死体だった。社長は、最初、黒人が日向ぼっこをしていると思った。だから、声をかけた。

「ここは、どこですか？」

社長はすぐに気づいた。それは、黒人ではなく、顔が焼けただれた死体だった。十本の指はすべて切り落とされて、二本の脚の間に、こぼれ落ちていた。

それから……それから、社長は、おそろしい数の死体を見た。その間を歩き回った。どこに行けばいいのかわからなかった。どこに行っても、死体しかなかった。しばらくすると、国際赤十字の車が進んで来るのが見えた。車は止まり、知らない男が、社長にいった。

「ジャーナリスト？」

「……通りすがり……」

「関係ないやつはさっさと出て行け！」

「……どう行けば……」

「あっち！」

社長は、赤十字の男が指さす方向に走った。そして思った。おれ、関係ないやつだったのか!!

作家かジャーナリストなら、書くことができた。写真家なら、写真を撮ることができた。テレビ局のクルーならヴィデオカメラを回すことができた。だが、社長は、なんの関係もない若い日本人にすぎなかった。

気がつくと、なにを食べても、味がしなくなっていた。それどころか、なにを口にいれても、十秒後には、吐いてしまうのだった。まるで、胃袋の奥に発射装置があるかのように、水もパンも果物も、すさまじい勢いで、逆流するのだった。医者に行けよ。社長の、微かに残った理性は、社長に、そう告げた。だが、その頃には、水や食物のことを考えるだけで、胃液が噴出するようになっていた。というか、もう胃液すら出なかったのだが。

どこをどう歩いたのか、誰かに連れてきてもらったのか、それとも、誰かから逃れてきたのか、なにも覚えてはいなかった。

社長は、ベイルート近くの草原で、黄色と菫色の花々に囲まれて倒れていた。遠くに、ねじ曲がったオリーヴの樹が見えた。

少なくとも、おれはまだ生きている。社長はそう思った。だが、きっともうすぐ死んでしまうにちがいない。

なにもかもが異様にまぶしかった。あらゆるものが光を反射しているようだった。

「あらゆるものが光を反射しているようだ」といったのは、友人のニムラだった。

「そんなことないけど」社長はいった。

「ものすごくまぶしい。あの世の景色みたい」そういってニムラは笑った。

それから四日後に、ニムラは死んだ。末期の肝臓癌で、腹水のたまった腹は相撲取りみたいに膨らんでいた。

目の前にはシクラメンの花が咲いていた。別に死ぬことはこわくなかった。食べもののことを考える方がずっとこわかった。

おれ、案外落ち着いてるみたい。しかし……しかし……なにもかも、中途半端なま ま、死んじまうのか？

なにかをいわなきゃ。そのことばを聞く者が誰もいないとしても。社長は、心の奥底を探ってみた。死ぬ前ぐらい、なにか洒落たことをいわなくちゃ。

だから、社長はかろうじて目を開け、シクラメンの花に向かって、こういった。

「レバノン杉は……もうありません……商業的乱伐……地球最古の……公害です……」

風で揺れるシクラメンの向こう側に、肥った女の姿が微かに見えた。だが、社長は身動きすることも、声を出すこともできなかった。

女は社長に近づくことなく、しばらく、様子を窺っていた。そして、明らかに判断を下したようだった。

なんだ死体だったのか。

それから、女は、社長に背を向けると、しゃがみこんだ。そして、スカートをまくり上げた。巨大な尻が見えた。ありえないほどデカい尻だ。たぶん、いままで十二人の赤ん坊を産みだし、これからも同じ数の赤ん坊を産みだすことができるほどの。産みつづけなければならないのだ、この女は。なにしろ、あまりにも多くの人間が死んでゆくのだから。
女の肛門が盛り上がり、めくれ上がった。女は**出すべきものを出した**。すごい量だった。そして、社長には、もう一瞥も与えることなく、立ち去ったのだった。

風に吹かれて揺れる草々の葉の間に、**光り輝くバベルの塔のごときもの**が見えた。あるいは、**生命の代謝の果てに産みだされるものが**。また、あるいは、**謎そのものであるようなものが**。もしくは、**生々流転するものが**。
社長は見た。ただひたすら**見た**。生まれてから、この瞬間まで、なにかをこれほど熱心に見つめたことはなかった。「見る」とは、こういうことをいうのだ。薄れゆく意識の中で、社長は、そう確信した。

　確か……あの、驚異の物体には……なにか……名前があったはずだ……。

　思い出せないのが悔しかった。いままで出会った女たちの名前より、そのきらきら光る物体の名前を思い出したかった。死ぬのはかまわない。でも、その名前を思い出せずに死にたくはなかった。

　それは近くにあるのに、同時に遠くにもあった。

　それは汚れているのに、美しくもあった。

　それは必要不可欠なものなのに、そのことを主張しようとはしなかった。

　死を前にして、叡智に似たものが社長の中に生まれていた。

　涙が溢れ、その物体が霞んで見えた。これほどまでに大切なものなのに、おれは見ないようにしていたのだ。存在しているのに、気づかぬふりをしていたのだ。

　せっかく気づいたというのに……。社長は呻いた。もう、おれには、時間がない。

　目の前が暗くなっていった。頭の中に渦のようなものが巻いていた。そのときだった。

　音楽が聞こえてきた気がした。もう死ぬんだ。社長は、そう思った。

　社長の口から、歌がこぼれた……。

「サムホエア・オーヴァ・ザ・レインボー〜♪
高い空の上に〜♪
いつか子守歌で聞いた国がある〜♪
サムホエア・オーヴァ・ザ・レインボー〜♪
その空は青く〜そこではどんな夢もかなうの〜♪」

社長は目を覚ました。そこに……きらめく虹の彼方に……それが見えた。

「サムホエア・オーヴァ・ザ・レインボー〜♪
そこには青い鳥が住んでいる〜♪
小鳥たちが虹の向こうに飛んでゆけるなら〜♪
おれにだって飛べるはず〜♪」

社長は力が甦りつつあるのを感じた。そして、**それに、虹の彼方にいるなにかに**にじり寄っていった。
僅か数メートルほどの距離を行くのに、いったい、何十分かかっただろうか。肘から、夥しい血が流れた。けれど、やがて社長は、たどり着いたのだ。そこは、**黄金郷**

だった。確かに……。

社長は、まず匂いを嗅いだ。**それは甘い匂いがした。生命が発する匂いだった。**

そして、社長は、忘れていたすべてを思い出した。

からだの奥底から、ある衝動が、爆発するようにこみあげてきた。社長は、のども張り裂けんばかりに絶叫した。

「食いてえ！」

☢

この話はやめよう……。なんで、こんな話をする気になったんだ、おれ。ものすごく、気持ち悪くなってきた……。だいたい、**たかがウンコじゃないか！　黄金のウンコじゃない！　ただのウンコ！**

もう、ほんとに勘弁してほしい……。

☢

「社長」

「なに？」

「ちょっと話が」

「手短にな」

「監督の件なんですが」

「イヤなの？」

「そうじゃなくて！　社長がやったら？」

「でも、おれ、実家に戻って手伝わなきゃならんし。津波で流されちまったから」

「そんなこと、聞いてないよ‼　社長、実家、どこなの？」

「気仙沼」

「じゃあ、会長にやらせなよ。あの人向きだと思うけど」

「会長も実家に戻るらしいよ。菩提寺が地震で倒壊したみたいだから」

「会長も東北出身なのかよ！」

「仙台だよ」

「じゃあ、ヤマちゃんに、やらせたら？　あいつ、チャリティー、好きだから」

「ヤマちゃん、岩手県内をずっとボランティアで回ってるから無理」

「カメダは？　捨て猫を拾って育てるのが趣味だから、おれよりずっと、このＡＶに向いてると思うけど」

「カメちゃんねえ……メンバーを募って、福島で青空保育所をやってるってよ」

「社長」

「なに」

「じゃあ、他にやれるやつがいないから、おれにやれってこと？」

「ちがうよ」

「そう？」

「ああ。おまえがいちばん適任だからだよ」

「なんで？」

社長はニヤリと笑った。ぜんぜん、わからない。おれ、こういうことには、ほんと向いてないと思うけど。

おれは人生について考えてみた。税金は滞納しているが、雨露をしのげるところには住めている。妻は出ていったが、娘とは月に一回、会える。年金はもらえないだろうが、ウンコを食う趣味はない。これって、そんなに悪くない人生じゃないのかな。

地獄の釜の蓋は震動しているが、釜の中に落ちるのはおれじゃない。たぶん。

恋するために生まれてきたの

メイキング☆5

なにもない真っ暗な空間。
宇宙開闢《かいびゃく》……ビッグバン以前……ワームホール……多次元宇宙……超ひも理論……
いや、気にしないで。**おれ、自分のいってることの意味わかってないから……。**

遠くで雷のような音。軽快なシンバル。声が聞こえる。というか、歌が。

きみを愛するため〜ぼくは生まれた〜♪

鼓動が刻む〜一瞬〜一瞬〜♪
きみを守るため〜ぼくは生まれた〜♪
来る日も来る日もずっと〜♪

　BGMは、もちろん、クイーンの「恋するために生まれてきたの(アイ・ウォズ・ボーン・トゥ・ラヴ・ユー)」。宇宙空間に鳴り響く、フレディ・マーキュリーのドスの利いた声……。ほんとに、これAVなんだろうか。でも、AVにいちばんふさわしい曲だって気もするんだが。
　それにしても、なんて素晴らしいんだフレディ、おれはゲイじゃないけど、あんたになら掘られてもかまわない……。

きみを愛したい〜♪
どんな小さなことも〜♪
愛して〜愛して〜愛し抜きたい〜♪

　実は画面には歌詞が映っている。英和対訳で。一緒に歌えるのである。というか、おれ、フレディと一緒に歌ってるし……。

なんか、**カラオケみたい……。**

中学生の頃、ザ・タイガースというグループサウンズの歌謡映画を映画館に見にいったら、海岸でタイガースの面々が、というか、ジュリーが、というか若き日の沢田研二が、歌うシーンがあった。当時、流行った「シーサイド・バウンド」という曲を。ジュリーは、映画館にいるおれたち観客に向かって**「一緒に歌おう」**と呼びかけた。だから、おれは、合いの手の歌詞を絶叫した。

GO! GO! GO!

映画館の暗闇の中で。

観客はおれを入れて三人。**唱和したのは、おれひとりだった。**おれの、**GO! GO! GO!**は虚しく、館内に響いた。おれが、連帯を信じないのは、あの時のトラウマのせいなのかも。

ところで。いつの間にか、画面には、おばあさんが映っている。もしかしたら、最初のところの**お猿さんの仲間？**と勘違いする人もいるかもしれない。だってある**意味そっくり**なんだから。人間のおばあさん……いや、しわくちゃのばばあだ。

いっておくが、おれは、女を差別もしないし、老人を差別もしない（と思うけど）。電車に乗ったら、必ず、老人に席を譲るし。それは、ともかく。老婆とはいわず、ある一定の年齢以上の女は「熟女」と呼ぶ。熟しすぎているなら「超熟女」。そうでなければ、「おばあさん」だ。うちは躾《しつ》けが厳しかった。「ばばあ」なんていったら、両親からぶん殴られた。だから、「ばばあ」と呼ぶことなんかしない。ほんとに、心の底から、失礼だと思うから。

でも。世の中には、「ばばあ」と呼ぶしかない女がいるんだ。ほんとです！　差別じゃなくって！　ほんとに「ばばあ」なんだよ！　他に、どう呼べばいいんだ。「おばあちゃん」って、おれには呼べない。だって、それはウソだからだ。おれは、ウソはつきたくないんだ。

いや、やはり「おばあさん」と呼ぶことにしよう。そうしよう。

社長や会長のいうように、おれは思い上がっているのかもしれない。上から目線なのかもしれない。女性蔑視の感覚に深く冒されているのかも。どうしようもないほどに、マッチョな男性中心主義者なのかも！　ごめん！　こちらは、親しげに「ばばあ」と呼んでいるつもりでも、「おばあさん」たちは、実は深く傷ついていたのかもしれません。自分の痛みには敏感でも他人の痛みに鈍感なのかもしれない。でも、しかたないんじゃないだろうか？　**他人の痛みなんかほんとにわかるんだろうか？**

たいていの人間はそうだ。うちの会長はちがうけど。おれの知る限り、この世界で、他人の痛みがわかるのは、うちの会長とマザー・テレサと黒柳徹子だけだ。

さて、画面では、おそろしいことが進行している。もしかしたら、フクシマ第一原発からの放射性物質の漏出に匹敵するようなおそろしいことが。詳しくは、画面を見てください。おれはちょっとタバコを喫いに、ベランダに出てますから……。

いや、逃げるのは止そう。いくら逃げても**我々は我々自身の死から逃げることだけはできない。だとするなら、我々はこの映像を直視しなければならないんだ。**

とりあえず、ひとり、**おばあさん**が出現する。なんか、これって、あの**お猿さんの時と同じパターン**のような気がする。

それから……それから、おれの記憶に間違いがないとするなら、これは、**東日本**

大震災の被災者のみなさんへのチャリティーAVだったはずなんだが……。

すいません。いま、チャリティーを大きく、AVの方を小さく、見せかけようとしました。わざとではなく……わざとです。

おれの中に、確かに存在しているAVを恥ずかしく思う気持ち……それは、手を替え、品を替え、おれの言動に出てくるみたい。

自分の職業を恥ずかしく思う気持ち……なんて、情けないんだ、おれ……。

それにひきかえ、社長や会長はすごいよ。いや、AVはすごい、AVは最高、と思いこんでいる連中は、ほんとに尊敬する。おれは……おれはAVを作っているのに、気づくと、すぐに隠そうとしているんだ……。

えっと、なんだっけ……。

ワァッ！

ワワワッ！

これは、十五年前、この映像を初めて見た時のおれの、魂の叫びだ。というか、そもそも、おれはこの映像が撮影された現場にいたんだが。

おれは少々、グロい映像には慣れているはずだった。なにしろ、AV監督になるぐらいだ。ゴキブリだって手でつぶせる。靴の中に入りこんでいたコオロギを踏みつぶした時は、ちょっとめげたけど……。

画面には、おばあさんのからだが映っている。

全裸のおばあさん。しかも、クローズアップで。

カメラは、ゆっくりとなめるように、おばあさんのからだを、上部から撮ってゆく。

そこには、かつて誰も見たことのないものが映し出されている。

腐った桃。腐った林檎。腐った梨。

いや、おれじゃない。そういっているのは。**おれの頭の中の誰かですから。**

もしかしたら、撮影した人ぐらいはいたかもしれない。でも、それを他人に見せようとは思わなかったのではないか。そんなことをしたら……そんなことをしたら……**世界が滅びるから……。**


これこそ、AV業界を震撼させたシリーズ、**『恋するために生まれてきたの・大正生まれだけどいいですか？』**の第一弾、**『稲元ヨネさん七十二歳・夫が戦死してから五十年ぶりのセックスなんです、冥土の土産にしたかった』**の冒頭シーンなのだった……。

髪は薄い。実は、おじいさんだけではなく、おばあさんも髪が薄い人は多い。時には、ほとんど禿げの人もいる。その事実をおれは**AV業界に入って知った**。すごいぞAV。

このおばあさんは禿げとまではいわないがかなり薄い。まばらにしか生えていない。しかも、なんの手当てもされずに。頭皮が透けて見える。なにかに似ている。この映像を見た人はみんなそう思う。そして突然気づくのである。

オランウータンにそっくり！

どうりで、さっきのお猿さんを思い出すわけだ。

髪だけではない。肌の皺や垂れ具合も、悲しそうな瞳も、すぐに背中を掻こうとするところも、どれもオランウータンを彷彿させる。そう、このおばあさんは、**「森の哲学者」**に似ているんだ。知恵の悲しみ……。

おばあさんの肌からは完全に脂肪分が抜けている。おっぱいはしぼんで袋状の物体になって垂れ、お腹は、五段、いや、六段、いや、七段……段々畑みたいだ……。皺は全身をおおっているが、とりわけ頸の周りがすさまじい。だいたい、昔、農作業をやっていた頃の名残で、頸の周りだけがやけているのが、なんかリアルだ……。

いつまでも、いつまでも、カメラは、そのおばあさんの裸体を映しつづける。

この場合、視聴者の選択は、次のどれかしかない。

（1）目を瞑る。
（2）ヴィデオのスイッチをOFFにする（テレビのスイッチをOFFにするでも可）。
（3）他のヴィデオに替える。
（4）試練だと思って、見つづける。

多くの視聴者たちが（1）を選んだ。でも、その場合、監督やおばあさんや男優の声が、耳から入りこんでしまうのだ。


「ヨネさん、フェラチオって知ってます？」

「……尺八のことですか……」

「そうもいいますね。ヨネさん、やったことはありますか？」

「とんでもない！　あの頃の女性は、そんなこと、誰もやってないと思います」

「じゃあ……あの……前戯って、どういう風にしたんですかね」

「そりゃ、あなた、男の人が、耳もとでふっと息を吹きかけると、クラッとなるんです」

「クラッとですか」

「はい。若いから、息がかかるだけでクラッとなって、それで充分」

「あの……」

「なんですか？」

「あの……」

「なんですか？」

「コップをもらえますか……入れ歯をはずして、入れておきたいんです」

「監督……」

「なに？」

「無理です」

「なにが？」

「おれ……勃ちません。無理です」

「なんで？」

「だって、ヨネさん……おれのおばあちゃんより……年上なんですよお！」

「気にすんな」

「って……監督、おれ、そもそも、セックスするの、生まれて初めてなんですけど」

「知ってるよ。ヨネさんも、半世紀ぶりだから、ちょうどいいじゃん」

「って……監督、目をつぶっててもいいですか、それなら、できるかも」

「なんて失礼なことをいうんだ！」

「監督、すぐ近くで見たら、ほんとにすごいんですよ！　無理、ほんとに、無理！」

「大丈夫！　愛さえあれば！」

あのセックスはすごかった。二十二歳童貞のカネダと、七十二歳ヨネさんのセックスは。

あれは、セックスだったんだろうか？

確かに、七十二歳のまんこに二十二歳のちんぽが入っていた（モザイクで見えないけど）。現場にいた人間で、その光景を直視したのは、監督をしていた社長だけだったかも。おれは、ずっと、両手を合わせて拝んでいたっけ……。

そして、おばあさんは、

「ああ、あついです」とかいうのである。

「だんだんよくなってきました」とも。

おれが聞いた限りでも、『稲元ヨネさん七十二歳・夫が戦死してから五十年ぶりのセックスなんです、冥土の土産にしたかった』を見て、三人が出家した。全財産を「ASPCA（アメリカ動物虐待防止協会）」に寄付したやつもいたし、性転換手術を受けにタイに渡ったやつもいた。

実際、会社に来たお手紙の量も半端じゃなかった。ものすごい反響だったんだ。

「女の裸を見てもなにも感じなくなった」とか。

「こわくてセックスできない」とか。

「ごめん！　もう二度とセックスしません！」とか。

「男に生まれてきてすいません」とか。

電話口でずっと泣きじゃくっている人もいたっけ。その人は、電話口でずっとこういっていた。

「ありがとう！　ありがとう！　生きてきてよかった！」

おれにはその気持ちがわかった。おれも、あの現場からの帰りのロケバスの中で、ほんとうに、心の底からそう思った。そして、そのせいだろう。信じられないことに、おれの口から、こんなことばが発せられたのである。

「おれはあらゆる戦争に反対する！　人間に自由を！　世界に光を！」

いったおれ自身が驚愕した。おれ、絶対にそういうことをしゃべる人間じゃないんだから。ていうか、この業界にいるようなやつは、全員そう。なのに、ロケバスの中から怒濤の叫びが巻き起こった。

「戦争に反対する！　あらゆる抑圧に反対する！　動物虐待に反対する！　女性差別に反対する！　とにかく反対する！　いけないものはいけないのだ！」

たぶん、みんな、稲元ヨネさんの裸体が発する猛毒にやられてしまったのだ。あれはなんだったのだろう、あのシリーズは。

おれはいまでも思うんだが、あの七十二歳のヨネさんの裸体とセックスシーンを世界のテレビのゴールデン特番で放映したら、この世から戦争なんかなくなるんじゃないだろうか。そんな気がする。どこかの放送局でやらないか……やるわけないよね……。

あれから十五年。おばあさんたちはみんな死んでしまった。もちろん、ヨネさんも。おばあさんたちは、無事に、冥土とかいうところにたどり着いたのだろうか。そして、半世紀ぶりに、旦那と再会できたのだろうか。

感動の再会……。どう考えても、無理だよね。旦那さんも、久しぶりに会ったら、奥さんがおばあさんになっていて、びっくりしちゃうんじゃないだろうか。

「……驚いた……おまえ……そりゃ長い間会わなかったんだけど……それにしてもずいぶん年とったなあ……」

「あなた……ジロジロ見ないでください……恥ずかしい……とりあえず……**します？**」

「……そのつもりだったんだけど……あの……」

「あたし……そのつもりで、お風呂に入ってきたんですけど……どうしたんです？」

「ごめん！　おまえの姿を見たら……やっぱ、無理だわ」

「ひどい！　ひどすぎる！　これが……これが半世紀も孤閨を守ってきた妻に対する仕打ちですか！」

「ほんとごめん！　おまえのいってることは正論なんだけど……勃たないものは勃た

ないんだ……文句をいうなら、おれを戦場に送った国にいって！」

実は、会社には、倉庫を改造した仏壇があって、そこには、『恋するために生まれてきたの・大正生まれだけどいいですか？』に出演した**おばあさんたち全員の写真**が飾ってある。

おれたち社員は、出社すると、必ず、おばあさんたちに手を合わせる。あの人たちは、おれたちの同志なんだ。いろんな意味で。まあ、おばあさんたちがどう思っていたか、わからんけど。

おれは、おばあさんたちの写真に頭を垂れながら、よく思うんだ。あっちに行っても、**おまんことかするんだろうか？**

なんか、しないような気がする。とすると、いったい、なにをしているんだろう？半世紀と少し、生きているだけでも、もうなにをやっていいのかわからん、というのに。永遠なんだぜ。想像もつかない……。

おれたちは、ヨネさんの姪のヨシコさんのところにいた。今日は、ヨネさんの七回忌だ。会長は、おばあさんたちの死んだ日を、手帖に丁寧に書きこんでいて、百ヵ日、一周忌、三回忌、七回忌には、自分を、もしくは社長を、もしくは誰かを、おばあさんのところに送りこむ。

なんていい人なんだ。そう思うだろ？　まあ、そうなんだが。その場合、必ず、男優やＡＤやカメラマンも同行する。っていうか、たいてい、女優も一緒に行くんだ……。

そうだ。

法要の席で、ＡＶを撮影するんです。おばあさんの遺影を前に、男優と女優が、「おばあさん、元気ですか……って、元気じゃないですよね、死んでるんだから……。あたしたちは、元気です。ほら、こんなに**元気ですよお！**」って、セックスするわけ。

冒瀆してる、って怒る人もいるけどね。

それって、冒瀆なのかな。おれは麻痺しちゃってるから、わからんけど。ちゃんと御布施も持っていくし、男優も女優も喪服を着ていくし……最後には脱いじゃうわけだが。

たぶん、おばあさんは怒ってないんじゃないかな。そんな気がする。だって、『大正生まれだけどいいですか？』に出てくるおばあさんは、たいてい、身寄りがほとんどなくて、三回忌の頃になると、法要の出席者が、親戚のおばちゃんひとりの他は**全員うちの会社のやつ、**ってこともあるんだ。

今回も、おれたちは撮影スタッフを送りこんだ。男どもは全員喪服を着て。でも、女優はいない。それには、理由がある。

ヨシコさんは、いま、福島のハズレにある、小学校に設けられた避難所に住んでいる。ヨシコさんが、以前、ヨネさんと住んでいたところは、放射能汚染がひどく、戻れないのだ。

ヨシコさん……。実は、あの『冥土の土産にしたかった』には、当時、四十歳のヨシコさんも出演していた。

撮影現場に付いてきたヨシコさんと話をしていた監督が、ヨシコさんがもう三十年ぐらいセックスしていないと知ると、「ちょうどいいね。**とりあえずセックスしていく?**」っていったんだ。

で、ヨシコさんは二時間の大作『冥土の土産にしたかった』の中の、おまけのコーナーで、「とりあえずセックスする」ことになったのである。っていうか、その相手というのが、おれだったんだけど……。

小学校の体育館中に張られた白い、半球型のテントの一つに、ヨシコさんは住んでいる。家から持ってきたのは、ヨネさんの位牌と、唯一の財産であるアダルトヴィデオの数々。実は、ヨシコさん、『冥土の土産』に出演した後、一躍「人気」AV女優になったのである。

ヨシコさんは、美人ではない。逆だ。つまり……つまり……つまり……。

おれは、ただのAV監督なんだ。ヨシコさんの容貌について、なにか意味のあることをいえる能力があるわけじゃない。そんな難しいことができるなら、たぶん、いまごろは大学教授かなんかになってるんじゃないか。

ヨシコさんは、人間であることに間違いはない。それだけは確かだった。それから、女性であることも、疑い得ない真実であった。だが……なんというか、「貧相」だった。

ヨシコさんを見ていると、生きる気力が萎えてゆくような気がした。出っ歯であるとか、おっぱいもほとんどなくて、肋骨が浮いているとか、そばかすがひどいとか、そういったことは、ほとんど問題にならなかった。

ほんとに。ヨシコさんが悪いんじゃない。ヨシコさんを見ていると、どうしても死にたくなってくるおれたちの方が悪いんだ……。

だからこそ、AV監督たちは、ヨシコさんという未踏峰に登りたがった。ブラックホールに、自ら入りこもうとした。自爆テロみたいなものだった……。

おれたちは、避難所の片隅で、七回忌を執り行なった。お経を読んだのは、カメラマンのカマタだ。やつは、坊さんの資格を持ってるんだ。

もちろん、なるたけ目立たないように、おれたちは一切をこなした。だって、この後、そこでセックスしなきゃならんのだから。

しかし、ほんとうに、七回忌の後で、というか、避難所で、おれたちはAVの撮影をするつもりなんだろうか。しかも、ヨシコさんを相手に。

「こんにちは」

「あら、さおりちゃん、なに?」

「おばあちゃん、なにしてたの?」

「おばあちゃんの七回忌だったの。でも、さおりちゃんは知らないわよね。おばちゃんのおばちゃんが亡くなって六年目のお祝いよ」

「ええ? お祝い、じゃないでしょ、おばちゃん」

「いいえ、お祝いよ。こんな世界から、とっととおさらばできてよかったわね、というお祝いなのよ」

「ふーん。この人たちは？　お客さん？」

「いいのよ。この人たちなら。放っておいても」

「ねえ。つまんないから、また、おばちゃんが持ってるヴィデオを見てもいい？」

「いいわよ。でも、どうして、おばちゃんが持ってるヴィデオを見たいの？」

「おもしろいから」

「おもしろい？　さおりちゃん、小学四年生としては、なかなか冴えてるわね。見せてあげるわ。でも、この前みたいに、おとうさんやおかあさんには内緒ね」

「なんで？」

「あんたの親が、知ったら、卒倒するからよ」

「わかった。じゃあ、おばちゃんの『お家』の中で、音をちっちゃくして見ていい？」

「いいわよ」

「あの人、なにをしようとしているの？」

「あの人はね、**セックス**をしようとしているの」

「こっちの人は？」

「こっちの人も、**セックス**をしようとしているの」

「なんで?」

「仕事だからよ」

「セックスは仕事なの?」

「ほとんどはそうね」

「愛はないの?」

「愛なんか存在しないわよ。みんな、存在するようなふりをしているだけで、そんなもの、どこにもないの」

「でも『愛してる』っていってるみたい、あの人」

「あれはセリフなの。誰かが紙に書いて、そういえ、っていわれたから、イヤイヤしゃべってるだけなの」

「今度は、なにしてるの?」

「縛って痛めつけようとしているのね」

「なんで? それが仕事だから?」

「仕事でもあるし、それ以上に、あの男の人が憎んでいるからよ」

「誰を? あの女の人を?」

「そう。男の人は、だいたい、心の中では女の人を憎んでいるものなの。まあ、女の人も、男の人を憎んでいるから、おあいこだけど。そう、それだけじゃなかったわ。みんな自分のことも憎んでいるの。毎日死にたいと思っているのよ。生きてきたことを後悔してるわけ」

「みんな？」

「そうよ」

「あたしも？」

「決まってるじゃないの！」

「そんな気しないけど」

「あんた、自分を誤魔化してるのよ！」

「でも、あの男の人、優しそうに見える」

「演技してるのよ。みんなを、騙そうとしているの」

「あれは？　なに？　なにしてるの？」

「**ヴァイブをヴァギナに突っこもうとしているの**。でも、女の子が望んでいるからじゃないわよ。あの男は、ヴァギナを見ると、そこから自分が生まれてきたことを思い出して、憎しみで一杯になるのよ！　こんな世界に追いやりやがって、って！　だから、ヴァギナを見ると、メチャクチャにしてやりたくなるわけ」

「ワアッ！　たいへんだ。あたしにもヴァギナがある？」

「あるに決まってるでしょ！」

「おとなになったら、あたしのヴァギナにもヴァイブを入れられちゃうの？　そんなの、イヤだあ！」

「だったら、戦うのね。自分のヴァギナは自分で守るしかないんだから」

「ねえ、さおり、なんだか、他のヴィデオを見たくなっちゃった」

「なんで？」

「なんだか、あまり、おもしろくないの」

「ダメよ。子どものうちから、甘ったれたこといっちゃいけないわよ。おとなになったら、もっとひどいものばかり見させられるんだから、これぐらい我慢しなさい。だいたい、さおりちゃん、どんなヴィデオ、見たいの？」

「ディズニーとか」

「まあ！　あんな、ひどいものを！　おちびちゃん、**ディズニーが作る映画はぜんぶ金儲けのため**なのよ。金、金、金、金のことしか考えてないのよ、あいつらは。夢とか、童心とか、自然とかいってるけど、あれはぜんぶ嘘なの。金を稼ぐ口実なの。もちろん、金儲けは必要だけど、ディズニーの場合は度を越してるの。なにしろ、『砂漠は生きている』っていう映画を撮った時、撮影のために何万匹も動物を殺したんだから。なんでだかわかる？　金儲けのためよ！　金が欲しいのよ！　**この世で金が**

いちばん大事だと思ってんのよ！　それしか考えてないの！　そのためだったら、子猫だろうが、子犬だろうが、ぶち殺しても平気なのよ！　あら、どうしたの？」

「さおり、なんだか、悲しくなってきちゃった」

「まあ、泣けば許されると思ってるの？　甘ったれてるわね。他の人は、どうか知らないけど、あたしは許さないわよ。いい？　他の人はね、別に、あんたのことが好きだから、泣いても許してくれるわけじゃないの。そんな、寛大で子どもに優しい自分に酔ってるだけなの。許した方がぜんぜん楽だから、許してくれるだけなの。あわよくば、って下心があるから、許すふりをしているだけなの」

「シタゴコロ、って？」

「んまあ！　そんなこともわからない、おバカさんなの？　おバカさん、よく聞きなさいね。あんたのヴァギナを狙ってるってことに決まってるじゃないの！」

「ヴァイブで？」

「たぶん、ペニスでね」

「ペニスって？」

「ちんぽのことよ」

「ひええっ！　でも、あたし、まだ子どもだけど」

「ほんとに、救いようのないバカなんだから！　どんな育てられ方をしたのかしら。

ヴァギナを狙ってる連中は、相手の年齢なんかぜんぜん気にしてないのよ。六十歳だろうが、十歳だろうが、ヴァギナさえ持っていれば、そんなこと、なんの関係もありゃしないわ。ほんとにどうしようもないバカね、あんた。いいこと？　おばあさんのヴァギナが好きな男もいるし、小学生のヴァギナが好きな男もいるわ。ヴァギナばかりか、アヌスだって狙ってるのよ」

「アヌスって？」

「うんちをする穴よ」

「そんなのイヤだあ！」

「でしょう？　だったら、用心しなきゃダメなのよ。この世の中は、あたしたちのヴァギナとアヌスを狙う男どもで一杯なの。というか、**男どもは全員、あたしたち女のヴァギナを狙ってるのよ！**　ちょっと優しくされて、ニッコリなんかしたら、さあ大変」

「どうなるの？」

「**ヴァギナとアヌスに同時に突っこまれる**のよ！　ペニスだけじゃ足りないから、**たぶんヴァイブもね。**いいえ、それだけじゃないかも。ニンジンに大根、鉛筆にコーラの瓶、もしかしたら、ビール瓶も。ほら、また、メソメソする！」

「さおりの学校の先生も、さおりのヴァギナを狙ってる？」

「当たり前でしょ！　あたしの知っている限り、学校の先生ぐらい、ヴァギナ好きはいないわね。いい？　あたしの話をよく聞きなさい！　あたしのヴァギナに初めてペニスを突っこんだのは、あたしの小学校の担任よ。跳び箱がうまく跳べないので、練習だっていわれて体育館に呼ばれたら、いきなり**跳び箱の陰でブルマーを脱がされたのよ！**　跳び箱の練習なんかじゃなかったのよ！　そのせいで、いまでも、跳び箱を見ると動悸がして、跳べないんだから」

「おばちゃん、ブルマーって？」

「体育の時、ズボンやスカートの代わりにはくものよ」

「あたしたちは、ショートパンツだけど」

「そんなこと、どうでもいいでしょ！　ブルマーを脱がされて、突っこまれたのよ。しかも、ヴァギナだけじゃなくて、アヌスにも！　まったく！　血だらけだったわよ、ヴァギナも、アヌスも！　血が一杯出て、死ぬかと思ったわ」

「おばちゃん、かわいそう」

「かわいそう？　誰が？」

「おばちゃん」

「なんで？　どうして、あたしが『かわいそう』なの？」

「だって、ちっちゃい時に、イヤな思いをしたでしょ」

「なに、なんなの？　『イヤな思い』って？　どうしてそんな風にほのめかすわけ？　あたしが、いつ『イヤな思い』をしたっていったかしら。そんな曖昧ないいかたはしなかったわ。あたしは、ヴァギナとアヌスにペニスを突っこまれたっていったの。先公に、跳び箱の陰でね！　血だらけになったって！　でも、『イヤな思い』なんて、いってないわよ、ひとことも。そんなに小さい頃から、ゴマカシばかり覚えちゃって。どうしようもないわね、あんた」

「ごめんなさい」

「ほら、すぐ、謝る！　そして、すぐ、泣く！　子どもじゃないんだから……子どもだったわね、さおりちゃん。とにかく、あたしは『イヤな思い』もしなかったし、『かわいそう』でもなかったのよ」

「そう……なの？」

「そうよ。ただ、バカだったの。世間知らずだったの。なにも知らない大バカだったただけよ。先生が、あたしに特別に優しくしてくれるって、甘い期待を持った、底抜けのバカ者だったわけ。他人が、あたしのためになにかしてくれる、となんとなく思っていたの。ウブだったの。そういう時、どうすればいいか、なんの知識もなかった、甘ったれ中の甘ったれが、あたしだったわけ」

「あたしも、跳び箱のところに行くかも」

「でしょうね。たいていの女の子は、先生に呼ばれると、つい、跳び箱のところに行ってしまうのよ。そして、死ぬほど後悔するんだわ。あんたもそうよ。だって、昔のあたしと同じで、救いようのないぐらいバカだものね。だから、きっとヴァギナとアヌスに突っこまれるのよ。もしかしたら、口にも。ほら、泣かない！」

「はい」

「あんた、そのちっちゃなヴァギナとアヌスと可愛いお口にペニスを突っこまれたい？」

「ぜっ・た・い・イ・ヤ！」

「そうよね。だから、あんたには特別に教えてあげるわ。**男どもからヴァギナとアヌスを守る方法を。**学校では教えてくれないから」

「先生がヴァギナを狙っているから？」

「そうよ！　**学校はあんたの敵の巣窟なんだから！**　それに気づくなんて、あんた、ちょっとはお利口なのね。さあ、どうやって、自分のヴァギナを守ればいいと思う？」

「逃げるの？」

「ダメよ。ドアには鍵がかかってるし、窓も閉まってるわ。それに、やつらは、あんたのヴァギナを奪うまで絶対諦めないわよ」

「悲鳴をあげて助けを呼ぶのかな？　おかあさんは、そういってたけど」

「外には聞こえないわよ。だって、誰もいない時間を選んで、あんたを連れ出したんだから。計画的なの。そういう連中は、長い間、ずっと計画を練ってるの。**どうすればあんたのヴァギナとアヌスに突っこめるか、そればかり考えてる**のよ。最高にずる賢いのよ。他のことには、ぜんぜん頭が回らないのに、そういうことだけは、抜け目なく考えてるわけ。そんなやつが、他の人間がいる時に、あんたを襲う？　そんなへまはしないわよ。あんたのおかあちゃん、いい人だけど、まるで『ねんね』だわね。なにもわかってないわ、それじゃあ、自分の子どもだって守れないわね。さあ、どうする？」

「わかんない」

「身ぐるみ剝がされるわよ、うさぎちゃん！　でっかくなったペニスが、あんたの顔の前でぶらぶらしてんのよ！　ぐずぐずしてる暇はないわ。さあ、どうすんの？」

「ほんとに、あたし、わかんない」

「うさぎちゃん。叫ぶのよ！」

「叫ぶ？　なんて？」

「**『やってもいいけど、お金払って！』**って」

「あたし、お金なんか、いらない」

「バカね。お金の問題じゃないの。それは、攻撃なのよ。なにかを叫ぶこともね。他に武器がある？　相手は、あんたの四倍も大きくて、十倍も力が強いのよ。逃げることも、助けを呼ぶことも、できない。そのまま、ブルマー……じゃなくて、ショートパンツを下げられて、ヴァギナにペニスを突っこまれたくないでしょ。だったら、攻撃するのよ、その口で」

「『やってもいいけど、お金、払ってよ！』で、やっつけられるの？」

「さあね。どの弾が当たるかあたしにだってわからないわ。でも、**助かりたかったら、撃ち続けるしかない**のよ。『**ちんこ、ちっちゃ〜い！**』でも『**先生の授業なんか、誰も聞いてないわよ**』でもなんでもいいわ。相手がひるむまで、叫び続けるのよ」

「でも、あたし、なんも思いつけないあい！」

「そうよね。あんた、お上品にお上品に育てられた、甘ったるい綿あめちゃんだものね。じゃあ、あたしが、とっておきのやつを教えておいてあげるから、覚えるのよ」

「うん」

「いい？　『ちょっと、待って』」

「『ちょっと、待って』」

「『いうことを聞くから』」

「『いうことを聞くから』」

「『お願い』」

「『お願い』」

『その前に、先生のペニス舐めさせて』

「『その前に、先生のペニ……』、おばちゃん、あたし、なんで、そんなこといわなきゃいけないの？」

「説明は後！　ぐずぐずいわずに、あたしのいう通りにする！　わかった？」

「はい」

「『その前に、先生のペニスを舐めさせて』」

「『その前に、先生のペニスを舐めさせて』」

『だって、あたしのあそこちっちゃいし、濡れてないし、はじめてだし、痛いのやだから、せめてペニスだけでも濡れてないと』

「『だって、あたし、ちっちゃいし、濡れないし、はじめてだし、痛いのやだから、せめて、ペニスだけでも濡れてないと』」

「さあ、準備はできたわ。もう、なにもいわなくていいわよ、綿あめちゃん」

「これから、どうするの？」

「決まってるでしょ。**ペニスを舐めるのよ**」

「そんなこと、できなあい！　おかあさんに怒られるう！」

「じゃあ、ヴァギナとアヌスに突っこまれてもいいの？　下手したら、出血多量で死んじゃうかも」

「あたし……死にたくない……でも、ペニスも舐めたくない」

「ほら。だから、あんたは、綿あめちゃんなの。甘えてるのよ。いつでも、誰かが助けてくれると夢みたいなことばかり考えてるのよ。どこかに王子さまがいて、絶体絶命になったら来てくれると思ってんのよ。覚えておきなさい。そんなのウソだから。**テレビかディズニー映画か国語の教科書かベストセラー小説の中だけのお話よ。**ありえないの。みんな、**自分のことで忙しくて、どこかで悲鳴が聞こえたって、聞こえないふりをするのよ。**死にたくないし、ペニスも舐めたくない？　誰だって、そう思うに決まってるでしょ。でも、あんた、もう追いこまれちゃってるんだから。どうしようもなくなっちゃってるの。おかあちゃんもおとうちゃんも助けに来れないし、誰も、あんたがどうなってるのか知らないの。あんた、たったひとりだけなの。**あんたを助けられるのは、あんただけなのよ。**なのに、なにもしないわけ？　ただ泣くだけで、ペニスを突っこまれるのをじっと待ってるつもり？　あんた、まるで、おとなしく首をひねられるのを待ってるニワトリね」

「わかった……イヤだけど、舐める」

「いい子ね、ヒヨコちゃん。思ったより見こみあるわよ。でも、心配しなくていいの、ほんとは舐めなくていいんだから」

「えっ！　舐めなくていいの？　やったあ！」

「まあ、正確にいうと、少しは舐めることになるかもしれないけど、それぐらいは我慢できるわよね？」

「うん。ちょっとなら我慢する」

「そうよ。とにかく、我慢して、ペニスの前に顔をもっていくのよ」

「目をつぶっていい？」

「なんで？」

「吐きそうになるから」

「ダメよ！　**見なきゃダメだってば！**　それが大切なの！　その、蛇みたいにとぐろを巻いた、汚らしいペニスを見据えるのよ。**そいつは、あんたを殺しにやって来た敵なのよ。**わかる？　あんたを突き刺して、血を流させようとしている、憎たらしい敵なの。ひるんだら、負け。目を閉じたら、お終いよ。勇気を出して、とにかく、見るの。そして、睨みつけてやりなさい。他に、あんたが勝つ道はないんだから」

「もし、見なかったら？」

「チキンナゲットか、チキン竜田サンドになるしかないわね」

「じゃあ、あたし、我慢して、それを見ることにするわ」

「偉いわ。じゃあ、見て」

「見た」

「どんな感じ？」

「……気持ち悪い……」

「憎らしいでしょ？」

「そうでもない」

「ダメよ！　心の底から憎らしいと思わなきゃ。そう思えなかったら、あんたの負けなんだから！」

「わかった。なんか、憎らしい感じ」

「さあ、いよいよ口に入れるのよ、うさぎちゃん！　一息で、パクっとね！　どしたの？　なにしてんの？」

「入らないかも。だって大きいんだもん」

「なにがなんでも入れるの！　人間、やろうと思ってできないことは、ないわ。さあ、入れなさい！　入れなきゃ、あんたの負けなのよ！」

「じゃあ、入った」

「いまよ！　うさぎちゃん、噛んで！」

「なんていったの？」

「**嚙むのよ！　嚙め！　嚙みなさいってば！**　あんたの口の中でピクピクしてる、その、キモいやつを、**嚙みちぎれって**、いってんの！」

「痛そう……」

「痛いに決まってるでしょ！　ただ嚙むんじゃないの、一撃で嚙みちぎるのよ！　**生き残るチャンスは一度しかないんだから**」

「そんな乱暴なこと、できないかも」

「だから、ダメなのよ。自分がどんな立場にいるのかわかってないのよ。最後の最後まで、あんた、**奴隷根性**なのね。いい？　脅かすために嚙むんじゃないのよ。致命傷を与えなくちゃ、なんにもならないの。もう二度と、こわくて、あんたのヴァギナにペニスを突っこもうと思わなくなるほど痛い目にあわせるの。**敵の中心を、敵の心臓をぶち抜くのよ。だって、これは戦争なんだから！**　二度と、立ち直れなくなるようにしなきゃだめなの。だから、ありったけの力をこめて、嚙み切んなさい！　どうしたの？」

「あのね、気がついたら、あたし、ベッドに寝てたの。もしかしたら、跳び箱のそばにいって先生に襲われたのは、夢だったのかも」

「あんた……やるわね。でも、それ、夢じゃないと思うわ」

「そう？」

「あんた、きっとやられちゃったのよ。ヴァギナにペニスを突っこまれちゃったのよ。痛くて、気を失ったのよ。それに、あまりにも恐ろしい体験だったのね、うさぎちゃん。だから、あんたは、それを認めたくなくて、なんとか、みんな夢だと思いこもうとしてるのよ、きっと」

「そうかなあ……。おばちゃん、さおり、トイレ行っていい？　おしっこしたくなっちゃった」

「いいわよ。でも、トイレへ行ったら、確認してらっしゃい。ヴァギナが傷つけられていないかどうか」

「ふう」

「手は洗った？」

「うん」

「ヴァギナも？　大丈夫だった？　アヌスは？」

「うん。どれも、なんともないみたい。でも、あたしのヴァギナ、おとなの女の人たちのと、ちょっと違うような感じ」

「でも、すぐに同じになるわ。そして、戦わなきゃならなくなるの」

「ペニスと？」

「そうよ」

「ヴァギナとペニスは仲が悪いの？」

「正確にいうと、それは、ヴァギナとペニスの問題ではなく、それを持っている人間の問題なんだけれどね」

「あらゆる男の人はペニスを持っているの？」

「持ってるわ」

「キムタクも？　クサナギツヨシも？」

「もちろん」

「おとうさんも？」

「まあ、ベビちゃん。おとうさんのペニス、見たことないの？」

「あるけど。ヴィデオに出てくる人たちのと違うわ」

「そりゃそうよ、ベビちゃん。あの人たちは、勃起させてるから。戦闘態勢に入ったペニスだから。ヴァギナを狙ってる時のペニスだから」

「ペニスにもいろいろあるのね」

「そうよ。もちろん、ヴァギナにもね」

「だから、あたしに、ヴィデオを見せようとするの？」

「そうなの。あんたは、勉強する必要があるのよ。ヴァギナというものがどういうものなのか、なぜ、ペニスが突っこみたがるのか、いま知っておくべきだと思うのよ。おとなになってからでは、遅いのよ」

「なんで？　おばちゃんは、知らなかった？」

「そうよ。でも、あたしだけじゃないの。自分では知ってるつもりだけど、たいていの人は知らないのよ。男も、女もね。ヴァギナがついていること、ペニスがあること、それぐらいは知っているけど、他のことは、なにも知らないのよ」

「**なんで、たいていの人は知らないの？　おとななのに**」

「それはね、**なるたけ考えないようにしているからよ**。というか、考えているのに、考えてないふりをしているからなの。わかる？　べビちゃん、あんた、ヴァギナのことを考える？」

「考えない」

「そうでしょ。それは、あんたのヴァギナが、まだベビちゃんだからなのね。ところが、おとなになると、みんな、ヴァギナやペニスのことばかり考えるようになるの。ヴァギナに突っこみたいとか、もしかしたら、ペニスを突っこまれるかも、とか、そんなことばかり考えるようになるの。でもね、問題は、**誰もそのことを口にしたがらないこと**なの。なにもしゃべらないのよ、そのことについては。だから、いつまでたっても、それがどんなものなのか、わからないわけ」

「なんで、しゃべらないの？」

「そこよ、可愛いヴァギナちゃん。まず、そのことをしゃべるのが恥ずかしいからなの。でも、それは、いちばんの理由じゃないのよ。ほんとうの理由は、**それが見えないから**なのよ」

「なにが？」

「おバカさん！　まったく、あんた、あたしの話をちゃんと聞いてるの？　ヴァギナとペニスよ。テレビで見たことある？　新聞や雑誌に載ったことある？　折り込みのチラシに出てた？　教科書で見た？　コンビニで売ってる？　ないわよね。ヴァギナとペニスは、**みんなが持っているのに、見えないように隠されているの。**なんでだか、わかる？　**ほんとのことをしゃべられると困る**からよ！　ヴァギナとペニスをみんなが見て、誰でも、それについてしゃべるようになると困るからよ！　だから、絶対に、見させないようにしているの。ヴァギナとペニスを見せたら、どうなるか、知ってるわよね？」

「捕まるの？」

「そう。**なにを見せても自由なのに、ヴァギナとペニスだけは、見せてはいけないの。**見ると、人は、それについてしゃべりたくなるものでしょ。だから、それだけは、見てはいけないのよ」

「おばちゃん、先生になればいいのに」

「まあ、さおりちゃん、あんた、すごいわね」

「なにが？」

「だって、それは、あたしがいちばんやりたかったことだから。あんた、**本質的なにか**を見抜く才能があるのかも」

「ほんしつてき？」

「いいのよ。考えなくても。あたしが先生になったら、なにをやりたいか聞きたい？」

「聞きたい！」

「実は、もう詳しく、考えてあるの。プランはできてるの。あたし、ヴィデオに出て、ヴァギナにトウモロコシを突っこまれた時、閃いたのよ。こんなことをしてる場合じゃない、みんなに、教えなきゃいけない。**まず、教育からよ**、って」

「おばちゃん、エラい！」

「どういたしまして。それから、ずっと、ヴィデオに出る時は、いつも考えるようにしてるの。プランを練ってるのよ。男優が十五人ばかり、皿の上に射精したザーメンをコップに集めて、飲んだりする時なんか、よく思いつくわね。ザーメン、知って

「知って……知らない」

「いいわ、後で説明するから。とにかく、早いうちに始めなきゃいけないの、なにごとも。なぜって、みんなが、寄ってたかって、ウソを教えるからよ。どうしても、その前に、始めなきゃいけないの。少なくとも小学校一年からね」

「あたしは？　四年生なんだけど」

「はっきりいって、もう遅いわね。どうでもいい知識ばかり教えられて、相当ダメになっていると思うわ。でも、やり直すことはできるかも」

「ほんとに？」

「あたしの授業に出られたならね」

「出たいわ。あたし」

「一年生には、まず文字を教えないことにするの。だって、文字に気をとられて、なにも考えなくなってしまうから。だから、一年生の教室には黒板なんかないの。その代わりに、なにを置くと思う？」

「わかんない」

「もちろん、ヴァギナとペニスの写真よ！　教室の壁という壁に、その写真を貼るのもいいわね。小学校の壁こそ、あたしは、重要だと思うの。そこは、『ベルリンの壁』より、イェルサレムの『嘆きの壁』より、遥かに重要だわ。なぜかって、『ベルリンの壁』や『嘆きの壁』については、誰でも意見がいえるのに、小学校の教室の壁については、誰も意見を持っていないからよ。その壁に囲まれている間に、人はすっかり、できあがってしまうというのに！　**学校の教室の壁には、恐ろしい秘密が隠されているのよ！**」

「そうだったの？」

「そうよ。あなたには、少しは考える力があるみたいだから、教えてあげるわ。**一つ目の壁**には、**黒板**があるでしょ。なぜだと思う？　それは文字を教えるためにあるの。文字を覚えるとどうなるかというと、他人の意見を暗記するようになるの。それだけよ。**文字を覚える前には自分の意見があったのに、文字を覚えた後は、意見がなくなってしまうのよ！**　だから、黒板はいらないわ。それと**向かい合った壁**になにがあるかというと、生徒たちが、なにか文字を書いた紙がたくさん貼ってあるわね。それから、絵も貼ってあるわ。どちらも、無理矢理書けといわれたり、描かないと、親に通報して叱ってもらうと脅かして、書かせたり描かせたりしたものよ。なぜ貼ってあるかっていうと、**学校や教師に屈伏した証拠を見せつけて、子どもたちを意気阻喪させるためよ。**おまえたちは負けたじゃないか、力も意志も勇気もないじゃないかってことを、最低のクズだってことを、忘れさせないために、ああやって、目立つように貼ってあるの。それから、三つ目の壁には本棚があるわ。そこには何が入ってるか知ってる?」

「本?」

「そう、本よ。本ぐらい人間をバカにするものはないわ。全部、他人のことばでしょ。とにかく、そこにはいいことが書いてあって、読まなきゃいけないことになってるのよ。いいや、読まなくてもいいから、読んだふりをしなくちゃいけないことになってるの。なぜ、本なんか置いてあるか、知ってる? どうせ、その本の中に書かれてあるようなことは、絶対理解できないぐらいバカだってことを思い知らせるために、置いてあるの。わかるわね? どの壁も、あんたたちを、イヤな気持ちにさせ、生きている価値なんかないって信じこませるためのものばかり置いてあるわけ」

「それで、壁は三つね。もう一つの壁は?」

「それが罠なの。そこには壁がなくて、その代わりに窓があるわ。死にたくなったら、そこを開けて飛び降りることができるように。わかるわね。あんたたちは、毎日、『死』と絶望に取り囲まれて、十五年近く過ごすのよ。だから、学校を卒業した時には、まともな人間なんかひとりも残っていないのよ! でも、諦めるのは早いのよ。壁に別のものを貼ればいいの。そのために、ヴァギナとペニスの写真なの！　中には、半陰陽のもあっていいわね。つまり、ヴァギナとペニスを両方持っている人の写真も、ヴァギナともペニスともつかないものを持っている人の写真も貼りたいと思うわ」

「**なんか、楽しそう**」

「あたしもそう思うわ。それから、授業よ。最初の授業は、男の人と女の人に来てもらうことにしているの。もちろん、**ふたりとも全裸よ**。それから、重要なのは、授業は教壇の上ではやらないということね。なぜなら、なにかを教えてもらう時に、なにかを見上げるという癖をつけると、**自分の上にあって自分を見下ろしているものならなんでも正しいような気がしてくるからよ**。だから、教室の真ん中にベッドを置いて、そのふたりにはベッドにいてもらうわ。あんたたち生徒は、その周りを輪になって囲むの。もちろん、前の方の子は背の低い子で、後ろにいくほど背の高い子に座ってもらうことにするわ。そうしないと、ベッドの上でなにが行なわれているか見えないから。見えないとなんにもならないわ。まず、ふたりに、ヴァギナとペニスの位置、大きさ、形を教えてもらうことから始めるといいわね。それから、それが、ヴァギナ、あるいは、ペニスという名前を持っていることも。それが終わったら、生徒全員に、ふたりのヴァギナとペニスを触ってもらうの。それが、**確かにそこにあること**、人間のからだの一部であること、を確認してもらうの。そして、触った生徒ひとりずつに、その感想を聞くわ。難しいのは、発表の形ね。全員の前で訊ねると、前の生徒がいった答に影響を受けてしまうから、始めのうちは、ひとりずつに、あたしの耳もとで囁いてもらおうと思っているの。それができるようになってから、ひとりずつ、発表してもらうことにするわ。次の授業では、ヴァギナとペニスの変化を調べてみたいわね。女の人にはヴァギナというかクリトリスでオナニーを、男の人にはペニスでオナニーをしてもらおうと思っているの。生徒たちが実際にオナニーをするようになるより早く、それを見るのは、とてもいいことだと思うわ。**なにごとも経験するより前に、そのことについて書かれたものを見る前に、目で見るべきなのよ。**そして、生徒たちが、ヴァギナやペニスというものに慣れ、それがとても複雑なものだとわかるようになったら、その次の段階はセックスね。もちろん、一年生を相手にする時は、シンプルなセックスにすべきだってことぐらいわかってるわ。キスしたり、手で、お互いのヴァギナやペニスを愛撫するといった手順は踏むけれど。もちろん、この段階では、そのステップひとつひとつの意味は教えないわ。とにかく、見ることがなにより大切だから。ペニスがヴァギナに入っていくところは特に重要だから、生徒たち全員に前に来てもらうことにするの。セックスしている男女のすぐ傍に接近して、見るのよ。**手で触れられるぐらいの距離で、目の前で、セックスしているところを観察するの。**きっと、生徒たちは、セックスというものは、汗や臭いでできていることを理解するはずよ。もちろん、コンドームをつけるわ。それから、絶対に必要なことがひとつあるの」

「なにかしら」

「決まってるじゃない！　なんにも知らないうさぎちゃん！　あなた、ぜんぜんあたしの話を聞いてなかったの？　**セックスが終わったら、男の人が女の人にお金を払うことよ！**　そうでなければ、授業をする意味がないわ。セックスが終わるごとに、男の人は、女の人に、感謝の言葉と共に、お金を手渡すのよ。**世間がそういう仕組みになっている**ことを、あたしは、生徒たちに理解してほしいの。どんな時に、お金を払うべきなのか。それは、誰が決めるのか。お金を払わなくてもいい時があるのか。それもまた、誰が決めるのか。そういった問題を、生徒たちと一緒に考えていきたいわ。もちろん、それは、小学校一年生には難しい問題よ。だから、最初の段階では、とりあえず、**セックスというものには必ずお金の支払がつきまとう**ということを教えるわ。それから、この最初の授業に出てくるふたりには、是非やってもらいたいことがあるの。というか、こちらの条件を呑んでくれるカップルに授業に参加してもらいたいの。つまり、一連の授業が終わり、セックスというものがある程度理解できるようになったら、コンドームを使わず、ヴァギナの中に射精してもらうの。ねえ、うさぎちゃん、そうしたら、どうなるかしら？」

「……赤ちゃんができる？」

「まあ、少しは知識があるのね。そうよ。その可能性があるわ。もしかしたら、女の人は妊娠するかもしれない。そうなっても、授業に出てきてもらうわ。というか、そうなってほしいの。一年の終わりには、女の人は臨月を迎えているわね。もし、それが可能ならば、生徒たち全員に、出産に立ち会ってもらうわ。あたしたちが、どこから来たのか、一度は見るべきなのよ。この世の中に、その他に見るべきものなんか、あるかしら。**狭いところを旋回して、ヴァギナを通過し、泣き叫びながら、この世に、人間が姿を現す瞬間をこそ見るべきなのよ。医学部に入って、死体を一年かけて切り刻むより、遥かに意義のあることだわ**」

「**それが小学一年生の授業？**」

「**そうよ！**」

「父兄参観とかは、ある？」

「もちろん、あるわよ。父兄も、当然、参加すべきだから」

「運動会は？　遠足は？　テストは？　身体検査は？　それから、給食もあるの？」

「二年生になったら、なにを習うの？　まだ、文字は習わない？」

「運動会や遠足や給食はあるけど、テストはないわね。身体検査はやってもいいわ」

「まだだわ。**文字を覚えるのは、できるだけ遅い方がいいの。**文字を覚えれば覚えるほど、見る力はなくなってしまうの。見るべきものを見る前に、見る力がなくなってしまうのよ。だから、その学校では、文字はなるたけ教えないようにするつもりよ」

「文字を習わないんだったら、なにを習うの？」

「まず、いろんな人を呼んで、話を聞かせてもらうの」

「あたしたちは、なにするの？　ノートをとる？」

「なにもしなくていいわ。ただ話を聞けばいいの」

「らくちんだあ！」

「でも、きちんと話を聞くのは難しいわ。そこに来るのは、何十年もホームレスをやっている老人とか、死にたくて死にたくて毎週自分の手首をカッターナイフで切って終いには縦横十文字に切ってしまうから、とうとう医者も縫うことができなくなった女の子とか、レイプされて性病に罹った女の子とか、ノイローゼになって赤ん坊をベランダから投げて殺した主婦とかなの。その人たちに、経験を話してもらうのよ」

「なんで？　その人たちを憐れむため？」

「ちがうわ。**あんたたちがヒヨコだからよ！　ぬくぬくした鳥小屋の中でピーピーいってるだけのヒヨコだからよ！　あんたたちにほんものの絶望を知ってほしいのよ！　あんたたちがまともになるには、それしかないのよ！**　だから、もっと呼びたい人がいるわ。もうすぐ死ぬことがわかってる病人よ。しかも家族もなく、信仰もない人。そういう人を見つけたら、あんたたちを連れて、毎週、病院へお見舞いに行くの。別に、話を聞かなくていいわ。ただ、ベッドの傍に代わる代わる立って、その病人を見ていればいいの。その病人の前には、若くて健康なあんたたちがいるの。それだけで、病人には苦痛だわ。あんたたちは、なにもいわなくていいの。あたしが代わりにしゃべってあげるから。『苦しいですか？　こわいですか？　痛みがひどい？　吐き気がします？　治療はもうできないんですね。**ただ、死を待っているだけの気分は、どうですか？**　なにかいい思い出はありますか？　死んだら、誰に知らせればいいのですか？　お墓はどうします？　灰は海に撒かれたいですか？』。もしかしたら、その病人は、苦しさと恐ろしさのあまり、涙をこぼすかもしれないし、うめき声をあげるかもしれない。唾を吐きかけるかもしれない。罵声を浴びせるかもしれないし、まだ少しでも力が残っていたら、唾を吐きかけるかもしれない。その全部を、あんたたちに見てほしいのよ。呼吸が止まるところも、最期に痙攣するところも、むくんだ瞼がずり上がって白目を剝いているところも、それから、最後にからだにつけられたたくさんのチューブを取り外され、裸になったところも、見てほしいわ。見なきゃダメなのよ、あんたたちは。**見て、悪夢にうなされればいいのよ！**」

「ごめんなさい」

「謝ることはないわ。別に怒っているわけじゃないの。イライラするの。あんたたちのことを考えていると。だってあたしもそうだったから。**あたしもヒヨコだったのよ！　泣いてばかりいるヒヨコだったのよ！**」

一瞬、沈黙が訪れた。雨音が鈍い音をたてて体育館の中に広がってゆく。みんな、テントの中にこもってなにをしているんだろう。ヨシコさんが叫んでいるというのに。でも、あまり関わりたくないよね、こういう人には。おれもそう思う。こういう人は、放っておくべきなのだ。

「おばちゃん……」

「ムカツクのよ、あんたたち！　こんなにされても、どうして怒らないのよ！　やつらは、あんたらがおとなしく死ぬのを待ってるのよ！　あんたたちがみんなうさぎちゃんなのを知ってんのよ！　わかってんの？　あんたたちのいうことなんか、なにひとつ聞いてないのよ！　あんたたちもあんたの親もその親もみんな、捨て駒だったのよ！　っていうか、あたしもよ！」

その時だ。

どこからともなく秘めやかに、美しい音楽が聞こえはじめた。いったい、どこから、その妙なる音楽は流れてくるのか？ わからない。なにしろ、この体育館には、特段の音響設備もないし、東京から乗ってきたバンに積んだ機械は、まだ下ろしていないのだ。なのに、音楽は勝手に始まっている。段取りは、なにも決まっていないし。まあいい。そんなことは。どうでも。


おばちゃん〜どこへ行くの〜♪

ちょっと〜外へ行ってくるわ〜♪

なんでなの〜おばちゃん〜雨が降ってるわ〜♪

頭を緊急冷却しにいくのよ〜！♪

おばちゃん〜おばちゃん〜おかあさんが雨にはまだ〜放射性物質が含まれているから〜気をつけなきゃ〜いけないって〜♪

あたし〜3月16日に雨の中でずぶ濡れになったのよ〜屋外でAVの撮影やってたんだから〜放射性物質なんか浴びるだけ浴びちゃってるわよ〜♪

そうなの〜？♪

そうよ〜いちばん濃い放射性物質の雲〜プルームがやって来たとき〜目一杯浴びてるもの〜もう手遅れだわよ〜♪ アイ・ウォズ・ボーン・トゥ・ラヴ・ユー

〜♪

五十五歳特技フェラチオのヨシコさんと小学四年生のさおりちゃんの妙なる二重唱。もちろん、曲は「恋するために生まれてきたの（アイ・ウォズ・ボーン・トゥ・ラヴ・ユー）」だ……。

ヨシコさんは雄々しく、外へ出た。雨は、ますます強く降りつのる。ならば、我々も、共に外へと出ねばなるまい。

激しく降る雨に、からだをさらしながら、ヨシコさんは歌う。

ああ〜ムカつく〜ムカつく〜**チョームカつく〜♪**

なにがムカつくって〜いちばんムカつくのは自分自身〜♪

だって〜さおりちゃんには〜あんなに厳しく恋愛を否定したのに〜♪

どうしても思っちゃうのよ〜**アイ・ウォズ・ボーン・トゥ・ラヴ・ユー〜ってね〜♪**

あたし〜小学校の時〜教師に跳び箱の陰でやられて以来〜♪

AVでしかセックスしてないのよ〜**なにそれ〜♪**

恋したい〜愛されたい〜そんな恋愛イデオロギーに汚染されてる自分を発見して〜呆然としてるのよお〜♪

論理と実践が矛盾しちゃってるのよお〜ああ〜ムカつく〜っていうか〜あたし〜

かっこ悪くねえか〜♪

ヨシコさんは泣いている。激しい雨にうたれながら。だから、その涙は雨と渾然一体化して、区別がつかない。

その時だ、スタッフのひとり、グンジがヨシコさんに駆け寄る。グンジも泣いている。そして、グンジの口から、美しい歌声が……。って、グンジ、おまえ、カラオケに行っても「おれ音痴だから」って、一回も歌ったことないじゃん！

泣かないでヨシコさん〜あんたが泣いているとおれもつらくなる〜だっておれ〜いままで〜♪

風俗でしかセックスしたことないんだ〜♪

金を払わないと誰もセックスしてくれないんだよ〜♪

おれだって〜おれだって〜**アイ・ウォズ・ボーン・トゥ・ラヴ・ユー〜♪**

いたたまれなくなったのか、ヒライもダッシュでヨシコさんやグンジの傍に突っ走る。

そして、当然の如く、ヒライの口からも美しい歌が……。

ヨシコさんも～グンジさんも～泣かないでよ～**おれなんか～おれなんか～♪**

AVの中でしかセックスしてないんだよ～♪

一度でいいからカメラがないところでセックスしたい～♪

だって～アイ・ウォズ・ボーン・トゥ・ラヴ・ユー～♪

凄まじい雨の中で、三人は抱き合う。ミュージカル『雨に唄えば』のワンシーン、というより、**『七人の侍』の決戦シーン**のようだ。

やがて、三人は、カメラに立ち向かうように、大地を踏みしめ、歌い始める。心の奥底に隠れていた愛と苦悩の唄を……。

最初は、グンジだ。グンジ……なんて神々しい表情を浮かべてるんだ。いままでは、**ブラックマヨネーズのニキビ痕が多い方**に似てるとしか思えなかったのに、なんだか、マハトマ・ガンジーみたい……。

風俗でするセックスは心がすさむ〜そもそも一回に平均3万だとすると〜行けてもせいぜい月に一回だけ〜♪

無理して二回行くと〜最後の一週間はずっとインスタントラーメンだったりするんだよね〜♪

それでも〜そこに来るのがふつうの顔とスタイルの女の子で〜ふつうにイヤがらずにセックスしてくれるなら〜おれだって我慢するのに〜♪

なのに〜なのに〜年齢を十歳以上サバよんで〜巨乳と聞いていたのに実質ただのおデブちゃん・オーヴァ・エイティキログラム〜♪

しかも部屋に入ってきた時からずっとイライラしてて〜おれは客なのにずっと「可愛いよね」とか「たいへんだね」とか機嫌をとらなきゃならなくて〜♪

いざセックスが始まったら〜ああキスはダメ〜ああそこくすぐったい〜ああそこいまアトピーだから触らないで〜ああそこ指入れないで痛いから〜♪

とうとうおれのやることがなくなったら〜まだ？　まだ終わんないの〜？　っていわれてる〜♪

終わらないいんじゃなくてなにも始まってないいんだよ〜♪

毎回毎回こんなセックス〜おれいままで女の子が帰った後ラブホで〜♪

真剣に自殺を考えたことが三回あるよ〜♪

だって〜だって〜**アイ・ウォズ・ボーン・トゥ・ラヴ・ユー〜♪**

おれだって風俗以外でセックスしたい〜っていうかふつうにデートしたい〜♪

でも声をかけても〜キモチワル〜！　っていわれるだけ〜♪

放心したようなグンジ。その傍らに、ヒライが立つ。

ふだんは、男なのに、**ハリセンボンの箕輪はるか**に似てるなあ、としか思わない。

それ以外のことを考えたことがない。だいたい、空気みたいに存在感のないやつなんだヒライって。っていうか、今日、なんでヒライも来てるの？　一緒に来てるって、さっきまで、気がつかなかった……。

グンジさん〜風俗でしかセックスしないのもつらいよね〜でもぼくみたいにAVの中でしかセックスしてないやつマジヤバいっす〜♪

だいたいおれ〜AV男優ってわけじゃないっすか〜♪

「汁男優」ってこの業界の最底辺なんです〜まあ強いていうなら〜♪

定期点検の時線量計も持たされずに炉心の近くまで行き雑巾であたりを拭く季節労働者みたいなもの〜？♪

メインのお仕事は乱交ものなんだけど〜そういう場合力が強くちんぽもデカいやつ

から女優とやるわけで〜♪
ぼくみたいなおとなしくって痩せてて力が弱い「汁男優」はセックスまで回ってこないことが多いんです〜♪
やっとセックスかあ〜と思って喜んでいたら〜まだなにもしてないのに〜♪
「はい女優さんの顔に射精して、あと1分で」っていわれて〜♪
それじゃあ単に公開オナニーじゃん〜♪
現場で「汚い」とか「キモい」とか「臭い」とか「すけべ」とか「キ○○イ」とか〜♪
「監督、やだあ、いくらなんでもこんな人とセックスしたくない」とかいわれて〜♪
なんかセックスする度に〜自分の存在価値を全否定されるみたいで〜♪
ああアイ・ウォズ・ボーン・トゥ・ラヴ・ユー〜♪
ほんと生きていてもいいんでしょうかぼく〜♪

泣き崩れるグンジとヒライに向かって、さながら聖母マリアのように優しく手を伸ばし、それから、顔をぐいと上げて、ヨシコさんが歌う。

アイ・ウォズ・ボーン・トゥ・ラヴ・ユー〜♪

風俗でしかセックスしたことないけど～♪（グンジ）
ＡＶでしかセックスしたことないけど～♪（ヒライ）
そんなの近代社会のイデオロギーだってわかってるけど～♪（ヨシコさん）
でも愛して愛して愛し抜きたい～って思っちゃうの～あたしたち～♪
この胸の思いは止められないの～あたしたち～♪
この胸の奥で爆発しそうな感情は～もしかしたら～愛よりも強い感情なのかも～♪
でも他にことばがないから～いまはとりあえず愛と呼ばせて～♪
ああああたしたち～♪
アイ・ウォズ・ボーン～♪
ボーン・ボーン・トゥ・ラヴ・ユー～♪

カッコいいぞ、あんたたち。グンジ、ヒライ、ヨシコさん、あんたたち、クイーンの、伝説のウェンブリーコンサートよりも、魂がこもってる……。

メイキング☆6
守ってあげたい

　おれは三週間ぶりにアパートに戻った。

　雨が降っていた。もしかしたら、この雨にも、放射能が含まれているのだろうか。待てよ、放射能じゃなくて、放射性物質っていうのか？　……なんで、そんなことを心配しなきゃならんのだろう。間違ったことをいったらいけないって？　なんで？　ぜんぜんわからない。

　おれは、ただAVを作っているだけだ。そっとしておいてほしい。静かに『爆乳人妻の勝手に誘惑・ノーブラ生活』第八弾を撮らせてほしい。『１００％彼女目線でアナタとHな同棲生活』は自信作だから、シリーズになったら嬉しい。いま企画している『タオル一枚男湯入ってみませんか?』は、売れる予感がする。ところで、どうして『舞ワイフ・セレブ倶楽部』は売れなかったんだろう……。

おれは、文句をいってるわけじゃない。

おれが監督した作品がカンヌ国際映画祭に出品されたり、おれが新聞の「この人」欄に載ったりすることなど**絶対にない**ことぐらいわかっている。

妻は、おれが三度も性病になったので、呆れて、家を出ていった。

おれが「職業病だよ!」といったのに、「じゃあ、他の職業に替わって!」と妻はいった。だが、他になにができる、っていうんだ? おれは、コンビニのレジ打ちだってできない。電卓で計算したって、一度も同じ答になったことがないんだから。営業も無理だ。真っ直ぐ目を見つめられただけで、吐き気がするから。いや、ネクタイを締めると、動悸がして、息が詰まるし。

社長や会長は、おれに、「大震災チャリティーAV」を作れ、という。あんたたちが作ればいいじゃないか。おれは、心の底から、そう思う。おれには難しすぎる。おれにできるのは、『一泊二日、美少女完全予約制。』を監督することぐらいだ。

あんたたちには、理由がある。あんたたちは、おれよりずっと考えてる。おれは……おれは……15秒以上考えると、頭が痛くなる……。

おれは便所に行って、ついでに顔を洗った。ついでに、鏡を見た。哀れな中年が映っていた。おれは、毎回、ギョッとする。

オヤジじゃないか!

そいつは、おれのオヤジにそっくりだった。オヤジは、晩酌にビールを一本空けるのが生き甲斐だった。その一本のビールをちびちび小一時間かけて飲むのだ。こんな人間にだけはなりたくない、とおれは思った。

いまや、おれは、寝る前にビールをちびちび小一時間かけて飲む。顔もそっくりだ。時々、オヤジが、あれは、オヤジじゃなくて、おれだったんじゃないかと思えてくる。オヤジが、あんな風になっちまったのは、母親のせいだ。あんな母親と何十年も暮らしていたらキリストだって、晩酌にビールを空けるのが唯一の楽しみになっちまうにちがいない。

おれが生まれて最初に覚えたことばは、

「こんなくに、いちど、ほろんじまえばいいんだ！」

だった。

つまり、それは、おれの母親の口癖だった。

母親は、おっぱいをおれにくわえさせながら、耳もとでずっとそういっていた。

だから、オヤジは母親に向かってこういったそうだ。

「赤ん坊に、もう少し優しいことばをかけちゃ、どうだい？」

「なに？　なんだって？　どんなことばを？」

「いや、ふつうに、可愛いね、とか……」

「見てごらんよ、この子を！　どこが可愛いんだよ！　まだ生まれて二週間だっていうのに、あんたにそっくりじゃないか！」

母親は、おれが小さい頃、よく、「あんたのほんとうの母ちゃんは死んじまったんだ」といっていた。

またまた、とおれは思った。たいていの親は、そういうウソをつくものだ、と知っていた。橋の下で拾ってきた、とか。親というものは、そうやって、子どもをビビらせて喜ぶものだ、とわかっていた。

「へえ、そう」

おれが無感動に、返事をすると、母親は、怒り狂って、おれを引っぱたいた。

「ほんとうに、あんたのほんとうの母ちゃんは死んじまったんだよ！」

母親が、「ほんとうの母ちゃんは死んじまった」と強調すればするほど、より一層、おれは信じなくなった。どうしようもないガキだ。

だが、実のところ、母親は正しいことをいっていたのである。おれのほんとうの母親は死んでいたのだ。

いや、待てよ。

正確にいうと、おれのほんとうの母親は、おれが生まれる前に死んでいた。

待て待て。ちがうな。

おれのほんとうの母親は、おれのほんとうの母親がおれを産む前に死んでいた。

えっ？　なんか、それもちがう。

いま、心を落ち着かせるから……ちょっと、待ってくれ……。


母親には妹がいた。母親にはまるで似ていなかった。すごく可愛かった。しかも、いいやつだった。みんなが、その妹のことを好きだった。母親は……そのことで妹を恨んだりはしなかった。いや、そんなことはあるまい。おれの勘では。

だから、母親は、面倒くさいことは、なんでも、その、よくできた妹に押しつけた。妹は、母親の、というか姉の頼みなら、なんでも聞いた。

その日も、同じだった。

春からずっと病の床にある祖母の世話に、母親が行く番だった。だが、そいつはひどく面倒くさいことだった。

なので、母親は、「あたし、腰が痛い。生理がひどいから」といった。「とても無理」と。

いつものように、妹は、「じゃあ、あたしが代わりに行ったげる。姉ちゃん、休んでなよ」といった。夕方の列車に乗って、妹はひとりで実家のある**ヒロシマ**へ出かけた。


1945年8月5日。

次の日、妹たちがいた家の斜め上空1キロのところで**巨大な火花**が炸裂した。

何日かたって、母親たちは、実家のあったところに出かけた。家はなかった。周りに一軒も。なにもかもが燃えて焦げて崩れていた。母親たちは、実家のあったと思われるところで、妹と祖母と祖父と叔父と叔母と従姉妹たちであったものと思われる焦げた肉の塊を見つけた。**どこまでが妹でどこから先が祖父母たちなのか誰にもわからなかった。**

それからしばらくして、母親は、死んだ妹の婚約者と結婚した。その頃は、そういうことが多かったのだ。

つまり。母親の主張によれば、おれは、死んだ妹とその婚約者の間に生まれるはずの子どもだった、というのだ。

「あんたのほんとうの母親は死んじゃったのよ」

だからどうしたっていうんだ。そんなこと、どうだっていいじゃないか。おれには、関係のないことだ。
母親のいうことが正しいなら、おれは幽霊の子どもなのか？　なるほど。そうかもしれん。だから、おれ、自分が存在しないような気がして仕方ないのかも。

子どもの頃からずっと、おれは母親が寝ている姿を見たことがなかった。おれが寝る時、母親はまだ起きていた。そして、おれが起きた時には、必ず、もう起きていた。そして、起きて怒っていた。**始終怒っていた。いつも怒っていた。なにかにつけて怒っていた。**
それはあまりに当たり前で、疑問に感じることさえなかった。

おれは、弟に訊いてみた。

「おまえ、母ちゃんが寝てるとこ、見たことあるかい?」

「ない」と弟はいった。

「母ちゃんが、怒ってない時、あったっけ?」

「ない」と弟はいった。

おれは、家を出る時、父親にも訊いてみた。

「父ちゃん」

「なんだ?」

「おれ、母ちゃんが寝てるところを見たことがないんだけど、母ちゃんって、いつ寝てるんだろう」

「知らん」と父親はいった。「おれも、母さんが寝てるのを見たことがない」

「母ちゃん、って、昔から、ずっと怒ってたのかい?」

「うーん、少なくとも、結婚してからは、ずっとだな」

母親は、ずっと起きていたんだろうか? 一度も寝ることなく? それから、ずっと怒っていたんだろうか。そんなことがあるわけがない……いや、あの人、ヒロシマでヒバクしてから、不眠症になっちまったんじゃないだろうか……。

肝臓癌になって入院した時もそうだった。いつ見舞いにいっても、母親は、起きていた。起きて、怒っていた。最期の瞬間まで。

「ウスノロ！」母親は電動式ベッドの背もたれに凭れたまま叫んだ。

おれと弟と父親は自分のことをいわれたんだと思った。母親にいわれなくとも自分がウスノロであることはわかっていた。

「間違えて、妹の方を連れてゆきやがって」

おれたちはすぐに、母親が文句をいっているのが、おれたちではないことがわかった。

どうやら、母親は「死に神」に向かってしゃべっているようだった。

「悪いけど怖くもなんともないよ。早く連れていかんかい、アホ！」

それから、おれたちは、しばらくの間、「死に神」と母親の間で交渉がまとまるのを待っていた。母親は、いつまでも、おれたちには見えない「死に神」を凝視していた。

「兄ちゃん」弟がいった。

「なに？」

「母ちゃん、死んでるみたい……」

「マジかよ！」

母親は目を見開いたまま、絶命していた。最期まで、眠らなかったのだ。表情を見る限り、最期まで怒りを抑えきれないようだった。なにに？「死に神」の手際の悪さに？ 死んだことも気づかぬおれたちのバカさ加減に？ その他もろもろに？

おれが母親の左の瞼を、弟が母親の右の瞼を下ろした。

おれは真っ暗な部屋の中で、ソファに座っていた。世界が揺れているのがわかった。いや余震だ。いやちがう。地獄の釜の蓋がはずれようとしているだけだ。家賃は6万。風呂はない。半世紀以上生きて、最後におれがたどり着いたのは、ここだ。

おれの隣には「ともこ」が静かに座っている。

「ともこ」は身長157センチ、上から76－56－83。靴のサイズは23・5、体重は25キロ。笑わないでくれ……。それなら楽々と抱き上げられる重さなんだ……。シリコン製のダッチワイフで、値段は……オプションをつけて、ざっと80万……。おれに買えるわけがない。ダッチワイフの製作会社のPR映画を撮影した時、社長が、くれたんだ。

「いらないよ」おれはいった。「必要ない。そんな趣味はないから」

すると、その社長はいった。おれの魂胆を見透かすように。

「悪いことはいわん。貸してやるから、持っていきな」

その日から、「ともこ」は、ずっとソファに座っている。

母親が生きていたら、なんというだろう……。

おれが、明かりをつけないのは、だんだん「ともこ」が、いい女に見えてくるようになったからだ。というか、すごくいい女なんだ……。

あんた、おれのことをイカレてると思ってるんだろう？　わかってる。おれも、「ともこ」に会う前は、あんな高級ダッチワイフに「はまる」やつらを、どうかしてると思ってた。いくら現実の女にもてないからといって、人形なんかとおまんこしようと考えるなんて、狂ってる！　それぐらいなら、おれたちの作ったAVを見て、オナニーする方が百万倍も健康だ！　ほんとに、そう思ってた。

知ってるかい。やつらは、そのダッチワイフたちに童貞を捧げたり、高価な服を着せたり、中には、親戚を呼んで結婚式を挙げたりするやつまでいるんだ。どうかしてる。現実が完全に見えなくなっちまったんだ。よほど、辛い目にあったにちがいない。おれは、そう思ってた。

だが、ちがうんだ。

おれは、あの「女たち」を見て、愕然とした。「杏奈」はちょっとふっくらしていて可愛い。「絵梨花」は、少しきつめの表情が魅力的だ。「沙織」は、運動が得意そうで活発な感じ。「しずか」は……小倉優子に似すぎている。「空」は、ぶすカワ、というのか、少々、アンバランスな顔だちがグッとくる。いや……そんなことはどうでもいい……「ともこ」……こんな完璧な美しさを持った女がいるだろうか……。

大丈夫。**おれはまだ狂っちゃいない。おれの判断では。**

「ともこ」の、あそこは、1万4000円もする「スタイラーホール」だ。非貫通式で、柔らかくて複雑なコブが無数にある。おれは、ダッチワイフ会社の社長のいうがままに、やつが手に持った「スタイラーホール」に指を突っこんだ。なんて……気持ちいいんだ……これ。

いや、だから、おれは、「ともこ」とまだ**やってない**。やろうと思ったこともない。

正直にいおう、**キスはした**……一度……じゃない、二度。我慢できなかったんだ……。舌は突っこまなかった。というか、構造的に突っこめないんだが……。そう、特注で「視線可動オプション」はつけてある……。隠してたわけじゃない。そんなことをする必要なんかない。なぜ、そんなことをしたのか、おれにもわからん……。

おれはアパートに戻ると、まず、「ともこ」に話をする。

「ともこ、おまえ、**土井たか子**って知ってるかい？　昔、**社会党**の委員長だった人だよ。今は社民党っていうのかな。よく知らないけど。最近、見かけないんだが、生きてるのかねえ。あの人は、**いい人**だった。よく知らないけど、テレビで見た感じじゃ、そうだった。おれの親戚にも、土井たか子に似たおばさんがふたりいた。どちらも、もう死んじゃったけど、ほんとに、いい人だった。よしもとばななの小説なんか一冊も読んでないけど。**よしもとばななの小説に出てくるようないい人**だった。まあ、よしもとばななの小説なんか一冊も読んでないけど。ひとりは、金を貸してくれといわれると、借金しても貸してくれるぐらいいい人だった。この世でいちばん大切なのは、阪神タイガースで、母親が危篤なのに、阪神戦を中継してるラジオから離れられなくて死に目に会えなかったぐらい、いい人だった。父親が脳卒中で倒れ、寝たきりになると、他にも娘や息子の嫁たちがいるのに、そのおばさんだけが、ずっとつきっきりで看病した。次に母親が倒れて寝たきりになると、やっぱり、そのおばさんだけが看病した。だから、阪神戦のことで、文句をいえるやつはいないと思うね。結婚しないところも、土井たか子と同じだった。そのおばさんは、そうやって、両親の看病をして、もうひとりのおばさんの看病をして、最後に自分が心臓の発作で倒れると、誰も看病してくれる者などいないので、ひとりで病院で寝ていた。子どもだったおれがお見舞いに行くと、口にプラスチックでできたなにかを嵌めてぜいぜい苦しそうに息していた。そして、目で枕元に置いてある財布とおれを何度も往復した。財布から小遣いを持っていけ、っていうんだぜ！　どうかしてる！

いい人すぎるにもほどがある！　おばさんは、それから三日して、ひとりで死んだんだ。もうひとりのおばさんも、いい人だったね。ほとんど神さまの域に達して、いい人だった。旦那が浮気をして、何年も家に戻って来なくても、ニコニコしてた。その旦那が、何年かぶりに帰って来て、最初のひとことが『腹減った』だったのに、『すぐ、ごはん作ります！』と答えるぐらい、いい人だった。両親からの遺産も、旦那の遺産も、みんな他人にとられたのに、ぜんぜん気にしないで、ニコニコしていた。唯一の財産のちっぽけな家を、弟であるおれの親父が寝タバコをして、全焼させてしまったのに、親父が助かったって泣いて喜んでた。それぐらい、いい人だった。家をなくしたおばさんは、実家に戻って、北の隅の三畳の部屋にずっと住んでいた。時々、おれが遊びに行くと、このおばさんも、喜んで小遣いをくれた。いい人だった。最後に、おばさんは、脳溢血《のういつけつ》で下半身が麻痺して、さっきのおばさんの世話になった。それでも、やっぱり、いつもニコニコ笑っていた。いったい、おばさんは、なにが嬉しかったんだろう。さっぱりわからん。そこまで行くと、もう、いい人とかいう段階じゃないかもしれん。もはや、**よしもとばななの小説の登場人物を超えている……**まあ、ぜんぜん読んでないんだけど」

おれは、そうやってずっと話している。一晩中。ヤバい。ヤバすぎる……。なにがって？　**おれ、がだよ。**

おれは、ちょっと考えてみた。ここ何ヵ月か、おれが、いちばん「話」をした相手は、「ともこ」と、**おれの頭の中の誰かと**、ジョージだ。ある意味で、どれも、存在しないやつばかりじゃないか。

おれは**無と話をしているのだろうか？**　いや、**おれ自身が無なのか？**

わかっている。おれは、どん詰まりにいる。ここは、行き止まりだ。おれは、どこかで間違えちまったんだ。おれはとんでもなく遠くまで来てしまった。なにしろ、ここには、おれの話を聞いてくれるような**人間がいない**んだから。

おれが知っているのは、おれに理解できるのは**ＡＶだけだ。**他のことは、なにも理解できない。

おれは、毎日テレビを見ていた。**震災、地震、津波、原発、自衛隊、官邸、停電、経産省……なにひとつ理解できない。**

だから、おれは、黙っているべきなんだ。余計なことをいって、イヤがられたりするぐらいなら、黙って、財布の中から少し金を出していれば、誰からも文句はいわれない……そうだろ？

あのダッチワイフの宣伝映画、『花嫁はシリコン製ダッチワイフ』のＢＧＭは、ユーミンの「守ってあげたい」だった。

「You don't have to worry, worry, ～♪
守ってあげたい～♪
あなたを苦しめる全てのことから～♪
初めて言葉を交わした日の～♪
その瞳を忘れないで～♪
いいかげんだった私のこと～♪
包むように輝いてた～♪
遠い夏～息をころし～トンボを採った～♪
もう一度あんな気持で～♪
夢をつかまえてね～♪
So, you don't have to worry, worry, ～♪

守ってあげたい〜♪
あなたを苦しめる全てのことから〜♪
'Cause I love you, 'Cause I love you. 〜♪」

映画の最後に、ダッチワイフの所有者たち十二人が、自分の愛するダッチワイフたち、十二体を持って集合する。そして、全員が、仲良く、手を繋ぎながら、「守ってあげたい」を合唱するのだ。

男たちはみんな、感極まって、泣いていた。信じられん……。なにが信じられないって、監督していたおれも泣いていたからだ……。

おれは、ほんとのところ、この**ＡＶを作りたい**のかもしれない。なぜなら、これは**地獄に関するなにかで、地獄のことならおれにも作れるような気がするからだ。**

また揺れてる……。ずっとだ。ずっと揺れっぱなしじゃないか。「ともこ」……。
すまない、おれを抱きしめていてくれないか……。

おれは**闇と虚空**に向かってしゃべっていた。でも、それはおれが、生まれてからずっとやってきたことなんだが。

震災文学論

「ぼくはこの日をずっと待っていたんだ」——ある人。八月のどこか。


その人の名を記すことはできない（当人は記してもいいといったのだが）。海外にも大きく名を知られた、この国でももちろんとても有名な、その人は、「今回の震災に関して、どう思われますか」というインタビュアーの質問に対して、最初にこう答えた。インタビュアーも雑誌も、このことばを掲載することはなかった。

「くれぐれも危険なことをいわないように」と周囲の人びとからいわれていたのに、その人が最初に口にしたのは、このことばだった。

「なぜ載せなかったのですか？　その人も望んでいただろうに」とわたしはいった。

その雑誌の責任者からは、明快な答えは返って来なかった。不謹慎だからだろうか。このメッセージに同感してしまう人びとがたくさん出ることを恐れたからだろうか。その人は、実際には、瓦礫だけになってしまった被災地に入り、復興のための活動を行なった。それから、その人は、仕事においてもまた、さらに積極的に震災に関わることを行なった。それでも、その人の、もっともいいたかったことは、この「ぼくはこの日をずっと待っていたんだ」だったのではなかったか。

また、その人の仕事の多くは、「追悼」に関わるものだった。それにもかかわらず、人びとがなにより「服喪」を第一にしたとき、その人は、それではないものを第一のものとして選んだのだ。なぜだろうか。わたしもまた、そのことをずっと考えてきた。

おそらく、ここには、**「順番」の問題**がある。

十年前の9月11日、ニューヨークで同時多発テロが起こった直後、全米で吹き荒れた「愛国」と「テロリストへの憎しみ」の嵐の中で、批評家スーザン・ソンタグは、テロリストによる攻撃が「『文明』や『自由』、『人道』、あるいは『自由な世界』に対する『卑劣な』襲撃なのではなく、世界の超大国を自称する合衆国に対する襲撃、つまりアメリカの行動や利益の結果に対する攻撃なのだということを誰が認めただろうか?」と書いた。さらに、アメリカのように、自らは傷つかない高みからの爆撃ではなく自らの死を賭けたテロリストたちの攻撃は、少なくとも「卑劣」とはいえない、と書いた。この、ソンタグの文章は凄まじい憤激を巻き起こした（ソンタグは暗殺される危険さえあった）。その理由の一つは、「傷ついたアメリカ」を疑った故に、もう一つは、「死者への追悼」、「服喪」を後にした故にである。

およそ、**わたしたちが読むものすべて、あるいは、書くものすべてに共通する「文法」**がある。それは、疑いえない真理を「最初に」書くことである。

戦争について書くとき、直接明示しないにせよ、わたしたちは、「あらゆる戦争は憎むべきものであり、二度と、このようなことを起こしてはならない」とまず書く。その上で、「戦争」に関する、自分の考えを記す。

生命について論じるとき、同じように、直接明示しないにせよ、わたしたちは、「人間の生命は絶対に奪ってはならないものだ」とまず書く。その上で、「生命」について論じるのである。

だが、実際のところ、この「正義の論法」は建前にすぎない。あるいは、単なる「文法」にすぎない。あるいは、あまりに抽象的すぎる。

人びとが、ほんとうに、「戦争」を唾棄すべきものと考え、あるいは、「生命」を、絶対に奪ってはならないものと考えているなら、「戦争」は起こらず、殺し合いは起こらないだろう。わたしは、「正義の論法」を疑っている。

ソンタグは、「テロは絶対に許されない」の前に、「テロとは何か。時に、テロを必要とする者もいるのではないか」という問いを置いた。考える、ということは、どんな順番で考えるか、ということだ。それ故、彼女は「アメリカ社会の敵」と見なされた。「考える」ことは、時に、社会の「敵」となることも覚悟しなければならない。
だが、数千の自国民の犠牲を目にして、なお、「テロとは何か。時に、テロを必要とする者もいるのではないか」という議論を冷静にできる国家（民）は、如何なるテロによっても毀損されることはないはずだ。ソンタグがいちばんいいたかったのは、そのことではなかったろうか。
そのソンタグの論理（倫理）は、抽象的なものではない。彼女が生涯で学んだすべて、彼女が読んだ本、聴いた音楽、感動した絵や写真、愛した人と交わしたことばが、彼女の中に育んだ、彼女固有の感覚、彼女が絶えず行なってきた自身との対話、それから、彼女の日常生活の一こま一こまからやって来たものだ、とわたしは感じる。

ソンタグの論理には、彼女の肉体が刻印されている。

震災の現実を前にして、「ぼくはこの日をずっと待っていたんだ」と語った人は、「服喪」の前に、このことばを置いた。いや、正確にいうなら、肉体を現場に送って、「服喪」と「復興」に捧げ（行動し）、魂は、一歩も机の前から動かずに、「この日」を待っていた、と発言することにした（考えた）のである。その人にとって、「行動する」ことと「考える」ことは、同等であった。あるいは、逆に、「考える」とは、少し違った意味で、「行動する」ことだったのである。そのことを、ほとんどの人は忘れている。

ところで、「この日」とはなんだったのか。震災によって、この国の中で隠されていたものが顕れた日のことだ。戦後の六十年、あるいは、近代の百四十年、あるいはもっと射程を長く、遠くにおいて、隠蔽されつづけたものが、人びとの前に顕れることを、その人は、待ちつづけていたのである。

「くまにさそわれて散歩に出る。川原に行くのである。歩いて二十分ほどのところにある川原である。春先に、鴫《しぎ》を見るために、（防護服をつけて）行ったことはあったが、暑い季節にこうして（ふつうの服を着て肌をだし、）弁当まで持っていくのは（、『あのこと』以来、）初めてである。散歩というよりハイキングといったほうがいいかもしれない。

くまは、雄の成熟したくまで、だからとても大きい。三つ隣の305号室に、つい最近越してきた。ちかごろの引越しには珍しく、（このマンションに残っている三世帯の住人全員に）引越し蕎麦を（同じ階の住人に）ふるまい、葉書を十枚ずつ渡してまわっていた。ずいぶんな気の遣いようだと思ったが、くまであるから、やはりいろいろとまわりに対する配慮が必要なのだろう。

（中略）

川原までの道は〔元水田だった地帯〕〔水田〕に沿っている。〔土壌の除染のために、ほとんどの水田は掘り返され、つやつやとした土がもりあがっている。作業をしている人たちは、この暑いのに防護服や防塵マスク、腰まである長靴に身をかためている。『あのこと』の後は、いっさいの立ち入りができなくて、震災による地割れがいつまでも残っていた水田沿いの道だが、少し前に完全に舗装がほどこされた。『あのこと』のゼロ地点にずいぶん近いこのあたりでも、車は存外走っている。〕〔舗装された道で、時おり車が通る。〕どの車もわたしたちの手前でスピードを落とし、徐行しながら大きくよけていく。すれちがう人影はない。〔たいへん暑い。田で働く人も見えない。〕

〔『防護服を着てないから、よけていくのかな』

と言うと、くまはあいまいにうなずいた。

『でも、今年前半の被曝量はがんばっておさえたから累積被曝量貯金の残高はあるし、おまけに今日のSPEEDIの予想ではこのあたりに風は来ないはずだし』

言い訳のように言うと、くまはまた、あいまいにうなずいた。〕

くまの足がアスファルトを踏む、かすかなしゃりしゃりしゃりという音だけが規則正しく響く。

（中略）

遠くに聞こえはじめた水の音がやがて高くなり、わたしたちは川原に到着した。（誰もいないかと思っていたが、二人の男が水辺にたたずんでいる。『あのこと』の前は、川辺ではいつも）たくさんの人が泳いだり釣りをしたりしてい（たし、家族づれも多かった。今は、この地域には、子供は一人もいない）〔る〕。

荷物を下ろし、タオルで汗をぬぐった。くまは舌を出して少しあえいでいる。そうやって立っていると、〔男二人が〕〔男性二人子供一人の三人連れが〕、そばに寄ってきた。（どちらも防護服）〔どれも海水着〕をつけている。（片方はサングラスをかけ、もう片方は長手袋をつけている）〔男の片方はサングラスをかけ、もう片方はシュノーケルを首からぶらさげていた〕。

『（くまですね）〔お父さん、くまだよ〕』

（サングラスの男）〔子供〕が（大きな声で）言った。

『（くまとは、うらやましい）〔そうだ、よくわかったな〕』

（長手袋がつづける）〔シュノーケルが答える〕。

『くま（は、ストロンチウムにも、それからプルトニウムにも強いんだってな）〔だよ〕』

『（なにしろ）〔そうだ〕、くまだ（から）』

『〔ああ、〕〔ねえねえ〕くまだ（から）〔よ〕』

（『うん、くまだから』）

何回かこれが繰り返された。（サングラス）〔シュノーケル〕はわたしの表情をちらりとうかがったが、くまの顔を正面から見ようとはしない。（長手袋）〔サングラス〕の方は（ときおり）〔何も言わずにただ立っている。子供は〕くまの毛を引っ張ったり、〔蹴りつけたりしていたが、最後に『パーンチ』と叫んでくまの〕〔お〕腹のあたり（を）〔に〕（なでまわしたりしている）〔こぶしをぶつけてから、走って行ってしまった〕。（最後に）〔男〕二人は（、『まあ、くまだからな』と言ってわたしたちに背を向け、）ぶらぶらと（向こうの方へ歩いていった）〔後を追う〕。

『いやはや』

しばらくしてからくまが言った。

『〔小さい人は〕邪気（は）〔が〕ない（んでしょう）〔です〕なあ』

わたしは無言でいた。

『そりゃ（あ、人間より少しは被曝許容量は多いですけれど、いくらなんでもストロンチウムやプルトニウムに強いわけはありませんよね。でも、無理もないのかもしれませんね）〔いろいろな人間がいますから。でも、子供さんはみんな無邪気ですよ」』

そう言うと、わたしが答える前に急いで川のふちへ歩いていってしまった」

（『神様（2011）』・カワカミヒロミ）

カワカミヒロミが発表した『神様（2011）』は、「震災」後に現れたもっとも不可解なことばの一つだった。

カワカミヒロミは十八年前に書いた『神様』という短編を書き直して『神様 2011』を発表した。そして、奇妙なことに、この二つの作品を同時に一つの雑誌に掲載したのである。それはなぜだろうか。

いったん書いた作品を、なにかの理由で、書き直すことは、珍しいことではない。けれど、カワカミヒロミがやったのは、書き直す前の作品と、書き直した後の作品を、同時に並べてみせることだった。

その意味がはっきりわかったのは、さらに、彼女が、この二つの作品を『神様（2011）』という一つの作品にしたときだ。

二つの作品を一つの作品にする、というとき、たいていは、1＋1＝2にする。要するに、一つの作品と別の一つの作品が、ノリによってくっつけられる。簡単にいうなら、二倍の長さになる。けれど、『神様（2011）』では1＋1＝1になる。ある作品と別の作品はくっつけられたのではなく、重ねられたのである。

それが、どんな作品なのか、その一部をここに引用してみた。この『神様（2011）』は三つの「層」でできている。『神様』と『神様 2011』で、変更が加えられていない部分はそのまま印刷されている。（　）でくくられた部分は、『神様』にはなく『神様 2011』に新たに書き加えられた部分だ。そして〔　〕でくくられた部分は、『神様』にはあったのに『神様 2011』で削除された部分である。「あの日」の前と後で、世界はすっかり変わってしまった。簡単にいうなら、「あの日」の後、世界には（　）でくくられた部分が出現し、世界から〔　〕の部分は消失したのである。

だから、わたしたちは、この『神様（2011）』を、掘り出された地層の断面のように読むことができる。そして、この「地層の断面」こそが、わたしたちが生きている世界の構造なのである。

わたしたちが目にする世界。「あの日」の前の世界では、マンションにたくさんの人が住んでいる。けれども、「あの日」の後では、住人たちは引っ越して、三世帯しか残っていない。それから、散歩をしてゆくと、やはり、すっかり風景が変わっている。「あの日」の前には、あなたは、そこにあるものを「水田」としか考えていなかった。その「水田」は、単なることば、記号にすぎない。それは、いつも目に入るので考えたこともない風景の一つだった。確かに、目には入っていたけれど、見たわけではなかった。「見る」ということは、もっと積極的な行ないなのである。けれども、「あの日」の後、除染のために掘り返されたその場所を見て、初めて、あなたは、そこが重要な場所であったことを知った。「あの日」の前まで、通りすぎていた場所の存在に、初めてあなたは気づいた。「あったとき」には気づかなかったのに、「なくなったとき」に気づいたのだ。つまり、初めて「見る」ことになったのである。

この『神様（2011）』でもっとも重要な箇所は、川原のシーンだ。ここでの、いちばん大きな違いは、「川原」に、**人影がほとんどない**ことである。なにより、**「子供」がひとりもいなくなってしまったことだ**。わたしたちは、二つの作品、『神様』と『神様 2011』を読み比べながら、「あの日」の後、いつの間にか子供たちが姿を消したことを知るのである。

だが、『神様（2011）』の川原のシーンの、もっとも奥深い秘密は、別のところにある。

「わたしたち」の目の前に、防護服の男がふたり現れる。それと同時に、子供を連れた家族も出現する。当然だ。『神様（2011）』は、ふたつの異なった小説を、一つのコップの中に入れてしまったのだから。防護服の男が「わたしたち」に話しかけると、同時に、「子供」も「わたしたち」に話しかける。

そんな光景に出会ったら（読者であるわたしたちは、この小説を読みながら、そんな光景に出会っている）、わたしたちは驚くだろう。瞼をこすり、変なものが見えた、と思うだろう。

そんなことは現実には絶対にありえないからだ。二つの異なった世界は共存できない。どちらかが現実で、どちらかが夢や幻なのだ。

いや、防護服を着た男たちが話しかけているのが現実で、その男たちの背後で、幽霊のような子供たちが、わたしたちに話しかけようとしている、とわたしは感じる。当然ではないか。いまや、現実に存在しているのは、防護服を着た男だけで、子供たちの姿はもうどこにもないのだから。

では、その子供たちが幽霊だとしたら、即ち、死者だとしたら、いつ、どこで死んだ子供たちなのだろうか？　「あの日」に死んだ？　そうなのかもしれない。たくさんの子供たちが死んだのだから。あるいは、政治家や学者たちがいうように、「あの日」に起こった事件が、人びとの生命に「ただちに影響」がないものだとするなら、それはずっと未来の死者なのかもしれない。

わたしは、防護服の男たちの背後で、亡霊のように語りかけてくる、その「子供」たちを、「未来の死者」として読んだ。それは、「あの日」がもたらすものが、それから遥か先に、殺してしまう「子供」たち、あるいは、生まれることができない「子供」たちであるように、わたしには思えた。

わたしのこの「読み」は、突飛ではない。文学というものは、このような「読み」によって成り立っている。そうでなければ、文学のことばにはなんの意味もない。

文学というものは、これまでもずっと、気の遠くなるような長いあいだ、それを読む人びと、彼らが属している共同体の「倫理」を語ってきた。その共同体が危機に陥るとき、それはもっとも甚だしかった。

通常とは異なった「読み」とは、通常とは異なった「倫理」から、ものごとを見るということだ。

カワカミヒロミは、いったん書いた「子供」たちを「削除」し、目の前に現れた防護服の男たちの、背後に、揺らめく影のような存在としておいた。それは、直接には、過去の（もしくは「現在」の）子供たちの抹消であるのに、文学ということばの中では、まったく異なった力を持つ。あるいは、文学ということばだけが、その力を持つ。

この小説では、**まだ生まれていない子供たちが「追悼」されている。**まだ生まれていない子供たちも、わたしたちの共同体の重要な成員なのだ。そして、この小説は、まだ存在しない者たちの「喪」に服することによって、この（わたしやあなたも所属している）共同体の未来に関わることを宣言している。

「自らの愚かさゆえ、空しく亡びたあまたの人間を代表して、そなた達に伝えたい。永い浄化の時にそなた達はいる。だが、やがて腐海の尽きる日が来るであろう。青き清浄の地がよみがえるのだ。浄化のための大いなる苦しみを罪への償いとして、やがて再建へのかがやかしい朝が来よう。子等よ、私達はこの墓を、絶頂と混乱の時代に英知を集めて建設した。その朝が来た時、世界の再建に力になるようにと……。わが身体《からだ》に現れる文字を読み、その技を伝えるがよい。すべての文字が現れた時、その日が来る。苦しみがおわる日が…。子等よ……力を貸しておくれ。この光を消さないために……」

「否!! あなた達はただの影だ!! なぜ真実を語らない、汚染した大地と生物をすべてとりかえる計画なのだと。さっきの影達が、腐海をつくり、旧世界を緩慢に亡ぼそうと仕組んだ者達か!? お前は亡ぼす予定の者達をあくまであざむくつもりか? お前が知と技をいくらかかえていても、世界をとりかえる朝には、結局ドレイの手がいるからか。私達の身体が人工で作り変えられていても、私達の生命は私達のものだ。生命は生命の力で生きている。その朝が来るなら、私達はその朝に向かって生きよう。私達は、血を吐きつつ繰り返し、繰り返し、その朝をこえて飛ぶ鳥だ! 生きることは変わることだ。王蟲《おうむ》も粘菌も草木も人間も変わっていくだろう。腐海も共に生きるだろう。だがお前は変われない。組みこまれた予定があるだけだ。死を否定しているから……。真実を語れっ、私達はお前を必要としない」

「真実を語れか……。どの真実をだね？　あの時代、どれほどの憎悪と絶望が世界をみたしていたかを想像したことがあるかな？　数百億の人間が生き残るためにどんなことでもする世界だ。有毒の大気、凶暴な太陽光、枯渇した大地、次々と生まれる新しい病気、おびただしい死。ありとあらゆる宗教、ありとあらゆる正義、ありとあらゆる利害調停のために、神まで造ってしまった。とるべき道はいくつもなかったのだよ。時間が無かった私達は、すべてを未来に託すことにした……。これは旧世界の墓標であり、同時に新しい世界の希望なのだ。清浄な世界が回復した時、汚染に適応した人間を元に戻す技術もここに記されてある。交代はゆるやかに行なわれるはずだ。永い浄化の時はすぎ去り、人類はおだやかな種族として新たな世界の一部となるだろう。私達の知性も技術も役目をおえて、人間にもっとも大切なものは音楽と詩になろう」

「神というわけだ。お前は千年の昔、沢山つくられた神の中のひとつなんだ。そして、千年の間に肉腫と汚物だらけになってしまった。絶望の時代に、理想と使命感からお前がつくられたことは疑わない。その人達は、なぜ気づかなかったのだろう。清浄と汚濁こそ生命だというのに。苦しみや悲劇やおろかさは清浄な世界でもなくなりはしない、それは人間の一部だから……。だからこそ、苦界にあっても、喜びやかがやきもまたあるのに。あわれなヒドラ、お前だっていきものなのに。浄化の神としてつくられたために、生きるとは何か知ることもなく、最もみにくい者になってしまった」

「お前にはみだらな闇のにおいがする。多少の問題の発生は予測の内にある。わたしは暗黒の中の唯一残された光だ。娘よ、お前は再生への努力を放棄して、人類を亡びるにまかせるというのか？」

「その問はこっけいだ。私達は腐海と共に生きて来たのだ。亡びは、私達のくらしのすでに一部になっている」

「種としての人間についていっているのだ。生まれてくる子はますます少なく、石化の業病から逃れられぬ。お前達に未来はない。人類はわたしなしには亡びる。お前達はその朝をこえることはできない」

「それはこの星がきめること……」

「虚無だ‼　それは虚無だ‼」

「王蟲のいたわりと友愛は虚無の深淵から生まれた」

「お前は危険な闇だ。生命は光だ‼」

「ちがう。いのちは闇の中のまたたく光だ‼　すべては闇から生まれ闇に帰る。お前達も闇に帰るが良い‼」（『風の谷のナウシカ』完全版・ミヤザキハヤオ）

「震災」後、ミヤザキハヤオは、『風の谷のナウシカ』というタイトルの二種類のアニメを作った。一般公開されたのは116分版で、完全版は全部見るのに八時間かかる（だから、誰も見たことがない）。そして、中身も結末も、伝わるメッセージもこのふたつの『ナウシカ』では異なる。同じタイトルで、同じ登場人物で、異なった中身。ここでも、『神様（2011）』と同じことが起こっている。

『ナウシカ』は、こんな物語だ――「ユーラシア大陸の西のはずれに発生した産業文明は、数百年のうちに全世界に広まり、巨大産業社会を形成するに至った。大地の富をうばいとり大気をけがし、生命体をも意のままに造り変える巨大産業文明は、1000年後に絶頂期に達し、やがて急激な衰退をむかえることになった。『火の7日間』と呼ばれる戦争によって都市群は有毒物質をまき散らして崩壊し、複雑高度化した技術体系は失われ、地表のほとんどは不毛の地と化したのである。その後産業文明は再建されることなく、永いたそがれの時代を人類は生きることになった」。

まき散らされた「有毒物質」がなにを示しているかは明らかだ。「あの日」の後、汚染され尽くされた世界には「腐海」という森が存在している。その「腐海」は、「あの日」の後、生まれた新しい生態系だが、そこは、菌類が有毒の瘴気を発して、蟲たちだけが生きることのできる場所だ。劇場公開版『ナウシカ』では、ヒロインの、小国の姫、ナウシカが、「腐海」には汚染された大地を浄化する機能があることを発見する。だから、なおも続く悲惨な戦争の中にあって、いつか世界は浄化されるのだ、という希望を残して、劇場公開版は終わる。

だが、劇場公開版の四倍以上ある完全版は、まったく異なったメッセージを投げかけている。「腐海」に汚染された大地を浄化する機能があることは変わらない。だが、誰が、何のため、「腐海」を造ったのか。その謎を追い求めて、ナウシカは、戦火に身を投じる。完全版を特徴づけているのは、夥《おびただ》しい死者だ。1000年前の「火の7日間」によって世界が破壊され尽くしたのに、残った人間たちは、そこからなにも学ばなかった。1000年後も、同じように、世界を破壊し続けている。その破壊の果てに、「腐海」の秘密を解く鍵がある。

ナウシカは、完全版の最後に、「腐海」の秘密を解く場所、「墓所」を訪ねる。そこで、ナウシカは、「腐海」が、1000年前、人類が世界を浄化するために造り上げたシステムであることを知る。だが、もう一つ、大きな秘密があった。汚染された土地で生きるために、ナウシカを含むすべての人類は、「汚染された土地で生きるからだ」に改造されていたのだ。だから、「腐海」が世界を浄化し、毒のない大地が甦るとき、ナウシカたち旧人類は亡びなければならない運命だったのである。

　引用箇所は、「墓所」での、「１０００年前の人類」とナウシカの会話だ。「墓所」で明らかにされるのは、「腐海」の秘密だけではない。この物語の秘密もまた、ここで明かされている。

　ナウシカは、この場面で、死者を代表して語っている。あるいは、**死者の代弁者として語っている。**ナウシカの母は、子供を十一人も産みながら、生き延びたのはナウシカだけだった。他の十人の兄弟たちは、母のからだに蓄積された体毒を吸収して死んでいった。ナウシカが生き延びたのは、他の十人の兄弟たちが自らの生命と引き換えに、たったひとり生きた妹に一つの生命を預けたからだ。「いのちは闇の中のまたたく光だ」とは、無数の死者を犠牲にして生きるナウシカ自身のことに他ならない。

　１０００年後の死者に向かって、言い訳を試みる「１０００年前の人類」とは、わたしたちのことだ。なぜ、「１０００年前の人類」のことばは虚しく響くのか。それは、ほんとうのところ、「１０００年前の人類」には、彼らが殺すことになる未来の死者に対して、どんなことばも発することができないからだ。そのことを、作者はよく知っている。

作者のことばは、この「１０００年前の人類」のことばの向こうにある。**そのような虚しいことばを発する同胞への恥ずかしさ**を、わたしはこのシーンの中に見る。

ここでも、作者は、「未来の死者」を追悼している。そして、「追悼」という儀式の中で、新しい倫理を模索している。

「１０００年前の人類」は、「死は忌むべきものだ」と主張している。だから、汚染と「死」にまみれた世界を、浄化しようとしている。それに対してナウシカは、「死は忌むべきものではない」と主張している。「死は忌むべきものだ」と主張しながら、逆に、死をふりまき続けた「１０００年前の人類」に対して、ナウシカは、死は忌むべきものではない、死者と共に生きよ、と主張している。死者と共に生きなければ、人は、自分が生きていることの意味を理解できないほど愚かだからだ。

このシーンの少し前に、きわめて印象的なシーンがある。ナウシカは、「腐海」の果てるところにたどり着く。そこには、汚染されていない土が生まれていた。緑なす樹が生え、鳥たちが空を高く飛んでいた。もっとも古く「腐海」が誕生した場所では、ついに、世界が再生し始めていたのである。だが、ナウシカは、その場所を決して、人びとには明かすまい、と心に決めて、立ち去るのである。なぜなら、その場所を知ったなら、たちまち人びとが殺到し、結局のところ、生まれたばかりの清らかな場所を、すぐに汚してしまうだろうからだ。

『フクシマのゲンパツ事故をめぐって』の中で、ヤマモトヨシタカは、「震災文学」の最初の傑作の一つ、ジュール・ヴェルヌの『動く人工島』について論じている。

「それは『近代冶金産業の成果となるべき人工の島を創造しようという実際的で〈アメリカ機械万能的〉な考え』にもとづいて、アメリカの一株式会社が造りだした、電気を動力とし完全に電化された巨大な浮遊海上都市、最高で時速八ノットで動く『スタンダード島』の物語である。

（中略）

しかしこのヴェルヌの物語が特筆されるべきは、多くの人たちが『科学と技術を通じて、自然が用意したものよりもっとすばらしい人工世界を無際限につくり出せるだろう』という『粗大な妄想』にとらわれていた一九世紀にあって、科学技術が自然を越えられないばかりか、社会を破局に導く可能性のあることを、そしてそれが昔から変わらぬ人間社会の愚かしさによってもたらされることを、はじめて予言したことにある。『〈ビッグ〉への趣向、〈巨大なもの〉への尊敬』を有するアメリカ資本主義によって造りだされた、そして裕福なアメリカ人を主要な島民とするこの人工島は、最後は、シェイクスピアの時代から変わらない二大有力家族間の反目という住民の内部対立と、電力によっては制御しえなかった台風によって南太平洋上で崩壊する。『スタンダード島』を地球に置き換えれば、科学技術の進んだはてに人間社会が、二大強国間の対立と最終的に手なずけることのできなかった自然の猛威により崩壊するという話になる。物語の末尾でヴェルヌは語りかけている。

いや、まだ終わっていない。スタンダード島はまたいつかつくられるだろう。……しかしながら、何度でもくりかえしておこう——人工の島を、海上を自由に動きまわる島をつくることは、人間に許された限界をこえることではないのか、そして風も波も自由にできない人間には、創造主の権利を横取りすることは禁じられているのではあるまいか？

科学技術には『人間に許された限界』があることの初めての指摘であった」

ここでいわれているのは、科学技術をコントロールすることが不可能なのではなく、**人間の愚かしさをコントロールすることが不可能である、**ということだ。それ故、繰り返し、自ら産みだした「技術」によって、人間は自らを滅ぼすのである。

だから、ナウシカは、そのような「技術」を拒否する。そのような「技術」を産んだ「文明」を拒否する。思えば、世界の「汚染」は、偶発的な「戦争」や「事故」によって生じたものではなかったのではないだろうか。

「文明」は、そもそも世界を浄化するためのものだった。知識や技術によって、人間が免れることができない「死」や「老化」や「貧困」から逃れるためのものだった。世界にとって、**「死」や「老い」や「貧困」は、浄化されるべき「汚れ」だった。**「未来の死者」であるナウシカたちもまた、「1000年前の人類」の顔をした「文明」にとって、「汚れ」であり、浄化されねばならない存在だったのである。

作者は、追悼と服喪は、起こったことに対してだけではなく、これから起こることに対してもなされるべきだと考えた。それこそが、現在に生きる者の責務であると考えた。なぜなら、そのとき、「未来の死者」が送ってくるメッセージの中に、**まだ存在していない、未知の共同体の輪郭**が書きこまれている、と考えたのである。

「なむあみだぶつさえとなえとれば、ほとけさまのきっと極楽浄土につれていって、この世の苦労はぜんぶち忘れさすちゅうが、あねさん、わしども夫婦は、なむあみだぶつ唱えはするがこの世に、この杢《もく》をうっちょいて、自分どもだけ、極楽につれていたてもらうわけにゃ、ゆかんとでござす。わしゃ、つろうござす。

これの父《とと》も水俣病でござすとも。あやつは青年のころは、そら人並すぐれて働きもんでやしたて。今はあんころとくらぶれば半分もござっせん。役に立たん体にちなってしもた。親子二人ながら水俣病でござすちゃ、世間の狭うしてよういわれん。役場にゃ世帯主に立てて、一人前の人間につけ出しとるが、わしがためにゃたったひとり出けた息子も、ああいうふうにしとるのをみれば、水俣病にちがいなか。後《のち》ぞえ貰うてくりゅうにも、このようになってしもうた家に、どこのおなごが、ちらりともかたぶいて見るじゃろか。決して来てくるるおなごはおりやっせん。

かしら孫はいま四年生でござす。わしが死ねば、この家のもんどもは、どがんなりますか。

あねさん、この杢のやつこそ仏さんでござす。

こやつは家族のもんに、いっぺんも逆らうちゅうこつがなか。口もひとくちもきけん、めしも自分で食やならん、便所もゆきゃならん。それでも目はみえ、耳は人一倍ほげて、魂は底の知れんごて深うござす。一ぺんくらい、わしどもに逆ろうたり、いやちゅうたり、ひねくれたりしてよかそうなもんじゃが、ただただ、家のもんに心配かけんごと気い使うて、仏さんのごて笑うとりますがな。それじゃなからんば、いかにも悲しかよな眸《め》ば青々させて、わしどもにゃみえんところば、ひとりでいつまっでん見入っとる。これの気持ちがなあ、ひとくちも出しなさらん。何ば思いよるか、わしゃたまらん。

こりゃ杢、爺やんな、ひさしぶりに焼酎呑うで、ちった酔いくろうた。

杢よい。

こっち、いざってけえ、ころんころんち、ころがってけえ。

こいつは、あねさん、このごろ、かなわん手で、金釘と金づちば持ち出して、大工のまねばおぼえぎしかかって。わしどもが海からあがってきてみれば、道具箱のところさねころがってきて、釘と金づちを曲がった手で摑《つこ》うで握っとる。体は横になっとって、首は亀の子ごとさしのべて、釘ば打とうでしよりますがな。このよな曲がり尺のごたる腕しとって。十ぺんに一ぺんな釘の頭に当たりますじゃろか。指にゃ血マメ出けかして、目の色かえて仕事のけいこばしよる。

きたかきたか、杢。

ここまでけえ、爺やんが膝まで、ひとりでのぼってみろ。

おうおう、指もひじもこすり切れて、血のでとる。今日はえらいがま出した、(精が出た)ねえ、おまえも。こら清人、富山の入れ薬にまちっと赤チンの残っとったろが。持ってけえ。

おるげにゃよその家よりゃうんと神さま仏さまもおらすばって、杢よい、お前こそがいちばんの仏さまじゃわい。爺やんな、お前ば拝もうごだる。お前にゃ煩悩の深うしてならん。

あねさん、こいつば抱いてみてくだっせ。軽うござすばい。木で造った仏さんのごたるばい。よだれ垂れ流した仏さまじゃばって。あっはっは、おかしかかい杢よい。爺やんな酔いくろうたごたるねえ。ゆくか、あねさんに。ほおら、抱いてもらえ」


(『苦海浄土』・イシムレミチコ)


近代最大の公害病とされる「ミナマタ病」を生んだ場所を、作者は「苦海」と名づけた。

「苦界」は、この国のはずれにあって、「文明」が必要とするものを産みだす過程で排出されたものによって「汚染」された海のことだ。では、「苦海」は、「汚染」が浄化された後にならねば、「浄土」(清らかな土地)にならないのだろうか。いや、ちがう、と作者はいう。「苦海」は、**「汚染」された土地そのものが浄土であるような世界**のことをいうのだ。

「汚染」によって、多くの人びとが死に、また多くの、「胎児性ミナマタビョウ」の患者が生まれた。ここに書かれた「杢」もまた、そのひとりだった。口を利くことも満足に動くこともできない、この九歳の少年を残して、母は去った。残された少年を、いまは、老いさらばえた祖父が育てている。

母親の胎内で「毒」を吸収して産まれた「杢」は、ナウシカひとりをこの世に生じさせるために、その「毒」を浴びて死んでいった兄弟たちのひとりなのかもしれない。「あねさん」と呼ばれる作者は、すべてを聞き、すべてを見ようとするナウシカの役割を果している。だとするなら、ここにあるのは、**目の前に現れた「死者」と生きる物語**である。

「苦海」の「汚染」について、作者は怒っているのではない。なにかを攻撃しているわけでもない。「杢」の祖父もまた、怒っているのではない。深い悲しみの感情に充たされているとき、人は、怒ることを忘れるからである。

この短い断片の中に、「死者」と生きること、とはなにかが描かれている。「杢」は、人びとに畏敬の念を巻き起こす。神や仏は、仏壇や神社の中にいるのではない。彼らのことばを書きつけたという本の中にいるのでもない。神や仏は、目の前にいるのである。「爺やん」のいうように、「杢のやつこそ仏さん」なのだ。「杢」は、ほんとうの「死者」だから、なにも話さない。**ほんとうの「死者」はこ**

とばを持たないから、代弁することもできない。だから、「杢」を前にしたとき、人びとは、ただ耳を澄まし、目を凝らすことしかできない。

「赤子のような湿った匂いが、杢太郎《もくたろう》少年とわたくしの間に立ちのぼる。少年があてがわれている〝おしめ〟はそのか細い両脚の間に当てるには分厚すぎ、いつも湿っていた。彼もわたくしも何かに耐えている。この少年とわたくしの間がらはなんであるか。

酔い潰《つぶ》れた爺さまから投げ渡され委託されて、いま小半とき、少年はわたくしの膝と胸の間にいた。九歳という年にしては、爺さまがいうように〝木仏さま〟のように軽かった。膝を動かせばその軽さは、ひょい、と膝ながら浮きあがるような軽さである。少年の『曲がり尺』のような両肱《ひじ》はわたくしの両脇にかすかに垂れていたが、それがじりっじりっと、たとえば稚魚が釣糸の錘《おもり》をくわえてひくような力で、わたくしの背中を抱こうとしているのだった。

（中略）

皮膚も肉も一重のようにうすい少年の頭骨と頬がわたくしのあごの下にあった。わたくしたちは、目と目でちょっと微笑みあった。

それからわたくしは彼の頭にあごをじゃりじゃりこすりつけ、さあ、といって爺さまのところに少年を持ってゆき、えびのように曲がって唇からぷくぷくと息を洩らしながらねむりこけた爺さまの胸と膝を押しひろげ、その中にこの少年を置いた。

杢太郎少年は、食事が、自分で箸を使うことが充分できぬということもあったが、彼の体自体が食事というものを拒否するしかけになってゆきつつあり、三日に一日は青くじっとりと汗ばみつづけ絶息状態になるのである。食べる日にしても、彼は喜んで食べはしたが、同じ年齢の少年たちとくらべたら、三分の一くらいしか受けつけなかった。彼の体重は三歳児にひとしかった。

少年はすり抜けることのできないせつない蚕のように、ぼこぼこした古畳の上を這いまわり、細い腹腔や手足を反らせ、青く透き通ったうなじをぴんともたげて、いつも見つめているのだった。彼の眸は泉のかげからのぞいている野ぶどうの粒のように、どこからでもぽっちりと光っていた」

ご維新前に産まれ、百歳近くで亡くなった、わたしの曾祖母は、八十まで、畑に出て働き、その後も、九十まで、家で縄をない、草鞋を編んだ。最晩年には惚けて、岡山にあった実家でもっともよい部屋に布団を敷き、一日、意味のわからぬことばを呟いていた。だが、時には、不意に、元の曾祖母に戻ることもあった。家人たちは、入れ替わり立ち替わり、曾祖母の部屋に行って相手をした。わたしが覚えているのは、曾祖母が「ばあちゃんは神さんになりはったんや」といっていたこと、それから、曾祖母の部屋が明るかったことだ（庭に面していた）。曾祖母が亡くなったときには、親戚があらかた、彼女の枕元に集まった。亡くなったとき、泣いている者はいなかった。泣く必要がなかったからだ。曾祖母はやるべきことをすべてやってこの世を去っていったからである。曾祖母は、生きながら、ゆるやかに死者になっていったのだ。思えば、その家の人びとは、長く、死者と暮らしていたのだ。それが当たり前だった。その人たちにとって、「死」や「老い」は「汚れ」ではなかったのである。

時がたち、わたしたちは、「死」や「老い」を「汚れ」と見なすようになった。おそらく、「病」や「障害」や「貧困」も。「汚れ」は浄化されなければならない。つまり、わたしたちの視線から遠ざけられなければならない。

「わたくし」は考える。「この少年とわたくしの間がらはなんであるか」。

「わたくし」は、「汚染」された土地へ舞い降り、死者や死につつある者を支援するはずだった。では、「この少年」は支援される者で、「わたくし」は支援する者だ、といえるだろうか。そうは感じられない。なぜなら、このもっとも死に近い「苦海」に来て、「わたくし」は、どこより生かされているような気がするからである。

『神様（2011）』に出てくる「くま」は、もちろん「神様」だ。そのことは、元の『神様』から言及されている。正確にいうなら、「くま」は、作品の最後で、「熊の神様のお恵みがあなたの上にも降り注ぎますように」というのだが。作者は、もちろん、「神様」という存在のことを考えて、『神様』を書いただろう。けれど、「あの日」の後、作者は、いったん書いた「神様」のことを思い出したのではないだろうか。

ほんとうに「神様」を必要とするときがやってきたのだから。

「わたくし」と「この少年」の間がらはなんであるか。親子でも親戚でもない。共通の思想があるわけでもない。もとより、「この少年」にはことばすらないのだ。「わたくし」は考える。「苦海」が「この少年」を産んだ。だが、「この少年」のいない「苦海」は、ひどく寂しいものではないか。「この少年」は、共同体の紐帯である神様を失いつつある「苦海」に、突如、降臨した「神様」ではなかったのか。

おそらく、「震災」はいたるところで起こっていたのだ。わたしたちは、そのことにずっと気づいていなかっただけなのである。

メイキング☆7

ウィー・アー・ザ・ワールド

いったい、この作品は、どこまで進んでいるのか。終わりに近づいているのか、それとも、袋小路に入りこんでしまったのか。ぜんぜんわからない。そもそも、始まっているのかさえ。まあ、そういうことはよくあるんだが。

さて。『風の谷のナウシカ』のオープニング、あの美しいピアノの音が静かに流れはじめる。

ブルーと茶色を基調にしたアニメーション。そこに描かれているのは、荒れ果てた大地、そして、破壊された建物。どうやら、フクシマ第一原発のようだ。噴き上げる炎、間欠的に噴出する煙……。その向こう、炎の揺らめきの中を、ゆっくりと**巨神兵**のようなものが歩いてゆく。どう考えても、『風の谷のナウシカ』のぱくりにしか見えない。

するとと、画面上方に、文字が……。

「協力　ミヤザキハヤオ」

ありえない。絶対に。いくら、ミヤザキハヤオが、東小金井の路上を、作業衣の上に「NO！　原発」のプラカードをかけて、**たったひとりで**（正確にいうと、犬を連れたおじさんとおねえさんの三人で）デモしたといっても、AVに協力することだけは、ありえない。ほんとにそれだけは、神に誓ってないですから。……よく見ると、「協力」の横に、小さく、「してもらいたいな」という文字が……。なんだ。でも、それって、よくある詐欺商法ではないのか。

静かに揺れるアニメの画像の上に、ゆるやかに、文字が流れてゆく。

その年、その国を地震と津波が襲った
未曾有の惨事が
そして、ゲンパツが壊れた
壊れたゲンパツから大量の放射性物質が漏れ土地を汚した
人びとは死力を尽くして漏洩をくい止めようとした
けれども漏洩は止まらなかった
奇妙なのはそれがなぜなのか誰にもわからなかったことだ
最新鋭の機械は壊れた建物の近くで停止し一歩も進めなかった
完全装備の隊員たちはゲンパツ周囲を彷徨った
目の前に見える建物が近づかないのだ
いつの間にか噂が広まっていった
ゲンパツに魔物が住んでいる……
そしてもう一つ都市伝説が生まれた
近づくことのできないゲンパツから音楽が聞こえてくるのだと……
しかもそれは
80年代のディスコでのヒット曲
「君の瞳に恋してる」なのだった……

きらめく音楽……躍動するリズム……心ときめくサウンド……からだが自然に動いてしまうようなエモーション……底抜けの明るさ……ある意味バカっぽい……っていうかこの曲のヴィデオを見たんだが……ゲイらしき男二人と女性歌手……そのダンスが泣きたくなるぐらい安っぽい……でもそれが素敵だ……人類の幼年時代……踊りたい……踊っていたい……おれも……夜から朝までずっと……死ぬまでずっと……**おかげまいりとかええじゃないか**とか……こんな感じではなかったのか……知らないけど……

あなたは信じられないほど素敵〜♪
キャント・テイク・マイ・アイズ・オフ・ユー〜（もうあなたに夢中なの〜）♪
触ったら天国に行ってしまいそう〜♪
ぎゅっと抱きしめたい〜♪
こんな恋を待ちつづけていたのよ〜♪
生きてることを神さまに感謝するわ〜♪
あなたは信じられないほど素敵〜♪
キャント・テイク・マイ・アイズ・オフ・ユー〜（ずっとあなただけを見つめてい

たい〜）♪

こんなに見つめてごめんなさい〜♪
あなたのような人は初めてなの〜♪
あなたの前では臆病になって〜♪
話すことばがなくなるの〜♪
でもあなたもそんな気持ちなら〜♪
これは夢じゃないって教えて〜♪
あなたは信じられないほど素敵〜♪
キャント・テイク・マイ・アイズ・オフ・ユー〜（もうあなたに夢中なの〜）♪
あなたがほしい、あなたもそうなら〜♪
寂しい夜を暖めてほしいの〜♪
あなたがすき〜♪
わたしがいったらそれを信じて〜♪
悲しい思いをさせないで〜♪
愛する人をやっと見つけたの、ここにいてほしい〜♪

そしてあなたを愛していたいの、いとしいあなたを～♪

壮麗な執務室。正面には巨大な「キム・イルソン」の肖像画。そして、世界各地の時間がデジタル表示された壁。なんだか一流半のホテルのフロントのようだ。その壁だが、いたるところに、ハリウッドの女優たちのポスターが貼ってある。ナタリー・ポートマン……。ミーガン・フォックス……。ダコタ・ファニング……。キーラ・ナイトレイ……。エマ・ワトソン……。みんな若い。若い女優ばかりのチョイスに、それを選んだ者の人間性がかいま見えるような気がする。それらのポスターをうっとり見つめながら**キム・ジョンイルそっくりの男**がうろちょろ歩き回っている。それにしても**あまりに似すぎて**ないか、キム・ジョンイルその人に。おれは、ジョージにキム・ジョンイルにそっくりなＡＶ男優を探せといっただけだ。まさか……。そんなことはないよね。いくらなんでも。まあいい……このことをこれ以上考えるのはやめよう。**ＡＶ鑑賞の途中でものを考えることは禁止されている。テレビと同じだ。**この一点だけでも、ＡＶは社会に認められるべきなのではないだろうか。それから**……ＡＫＢ48のイタノトモミそっくりの女子高生**が椅子に座っている。すごい組み合わせだ。キム・ジョンイルにそっくりな男とイタノトモミにそっくりの女子高生……。

「まだ怒ってるの？」（キム・ジョンイルにそっくりな男）

「…………」（イタノトモミにそっくりな女子高生）

「無理矢理キスしようとしたから？　だって、あれはきみの寝顔があんまり可愛かったから」

「…………」

「それでね、うちの潜入スパイに渋谷109まで行かせてきみの好きそうなブランドの服を買って来させたんだよね。『LOVE BOAT』とか」

「マジムカつく」

「えっ？　やっぱり怒ってるんだ」

「ここってどこなの？　携帯通じないじゃん。メール送れねえぇっつーの」

「ごめん。ドコモじゃ無理なんだ。iPhoneもだけど。ここ、中継基地ないから。っていうか、**携帯持ってると、国家反逆罪だし**」

「おじさん、ちょっと訊いていい？」

「いいよ」

「もしかして、あたしって『ラチ』られたわけ？」

「そのことば、ぼく、好きくない」

「キモ〜い！　おじさんが若者っぽいことばづかいするんじゃねぇーよ！」

「ああ、悪い、悪い。じゃあ、ちゃんと答えるから。確かに、ぼくが『ラチ』させました。だって、どうしてもきみに会いたかったんだもん」

「ほらもう、安易に『ラチ』なんかしちゃダメじゃん。だいたい、あたし、芸能人でもなんでもないし。つーか、ただの女子高生じゃん。それがなんで『会いたかった』ってなるわけ？　意味わかんない」

「いや『egg』に載ってたきみの写真を見て一目惚れ」

「超キモ！　おじさん、あたしをレイプしようってわけ！」

「とんでもない！　そりゃ、誤解です。きみ、竹中直人の『完全なる飼育』って映画を見た？　おじさん、映画ファンだから、何回も見たんだけど」

「知らな〜い。タケナカナオトって、モモイカオリとCMやってるハゲの人じゃん？　あたし、映画って『のだめ』ぐらいしか見ない人だから」

「まあいいや。その『完全なる飼育』ではね、おじさんぐらいの歳だと思うんだけど、主人公の竹中直人がね、女子高生を『ラチ』して、ずっと部屋に閉じこめているうちに、ふたりの間に愛が芽生えてくるわけ」

「**ありえねー、っつーの！**」

「そうかな？」

「おじさん。あたしとやりたいなら、正直にいえばいいじゃん。7なら話に乗ってもいいよ。手コキだけなら3とか」

「そんな、汚らわしい！　おじさんはね、やりたいんじゃない！　愛が欲しいんだよ、きみの」

「マジ？　あたしに告《こく》ってるわけ？　おじさん、それ、やばいよ。やばすぎって感じ」

「なにが？」

「おじさん。頭が、ヘンっぽいよ」

「愛を求めちゃダメ？」

「マジやばいよ。えっちだけでいいじゃん。さくっとしようよ。でも前払いだよ。やり逃げされちゃたまんないよね。あれ？　えっ、えっ、なに？　ウソ！　なんで、泣いてんのよ！」

「おじさんさあ、この顔でしょ、このスタイルでしょ。だから、ずっとモテなかったわけ。パパがえらかったから、えっちの相手には不自由しなかったけどね。でも、みんな心の底ではおじさんをバカにしてたわけ。でもね、おじさんの仕事って、すごくストレスがたまるんだよね。いつも『ショウグンサマ』でいるって、むちゃくちゃ疲れるわけ。癒しっていうの？　そういう時間が欲しくなるでしょ、ふつう。おじさんさあ、楽しみっていっても、映画鑑賞だけじゃない？　おじさんね、正直な話、首脳会談に出るより、『トランスフォーマー』のワールド・プレミア試写会に出たい人なのね……って、いま、気づいたんだけど、トモミちゃん……自分でしゃべってんじゃないの！」

キム・ジョンイル（そっくりの男）は、「いま、気づいた」といった。迂闊《うかつ》だった。こちらも、いま気づいた。イタノトモミ（そっくりの女子高生）ではなく、そこにいるのは、いま噂の、最新型高級ダッチワイフ「エンジェル」の「トモミちゃん」ではないか！　あまりに、イタノトモミに似ていて、事務所からクレームがつき、生産中止になった「トモミちゃん」。ニッポンで見かけないと思ったら、こんなところにいたとは。

「おじさん、きみと話をするのに夢中になっていて、気づいてなかった。『映画って『のだめ』ぐらいしか見ない人だから』までは、ぼくが書いたシナリオで、ぼくが腹話術でしゃべってたんだけど、『ありえねー、っつーの！』からは、きみがしゃべってる！　ダッチワイフなのに！」

「ダッチワイフがしゃべっちゃ、まずい？」

「ワアアッ！　どうしよう！　白昼、人形がしゃべりかけてるように聞こえる。幻聴だ。もうダメだ。こんなところを、中国政府に知られたら……。どうしよう、息子に総書記の座をさっさと譲らなくちゃならなくなる」

「もう、おじさん、自分のことばっか！　だいたい、幻聴じゃないよ、これ。失礼よね、あたしがしゃべってんのに」

「ほんとに、きみ、しゃべってんの？」

「うん」

「ＡＩ付きの発声装置を埋めこんであるとか？」

「ちがうよ」

「じゃあ、どうして？」

「おじさんに、伝えなきゃならないメッセージがあるから」

「えっ、もしかして、ぼくのことを愛してる……」

「はぁ？　だから、それだけはありえねー、っていってんじゃん！」


豪奢な寝室。淡いピンクの照明……。どうなってるんだ。天蓋付きの巨大なベッドの上で、離れて、男女が横たわっている。ヒラリー・クリントン国務長官にそっくりの女とビル・クリントン元大統領にそっくりの男が……。それにしても……ジョージ、この人たち、どこから連れてきたんだ……。あまりに似すぎてる……。いや、忘れよう、そのことは。とにかく、女の方は目を見開き、足下あたりに置かれたテレビに映るCNNのワールドニュースを凝視している。一方、男は目を閉じているが……それは寝たふりをしているだけで、実は起きているようだ。

「ベルルスコーニってすごいわよね」

「…………」

「知能指数は一桁だけど、毎日毎日とっかえひっかえ孫ぐらいの歳の女とやりまくってるのよ！　知ってんだからね！」

「…………」

「サルコジもあの歳で毎晩やってるわ。こっちは、なんでもお見通しよ！　CIAから報告受けてんだから」

「ヒラリー、テレビ、消せよ。うるさくて、眠れん」

「ねえ」

「…………」

「起きてんなら、あなたに、いいたいことがあるんだけど」

「手短にな。明日、大統領に呼ばれてんだ。おまえも知ってんだろ？　おれ、ニッポンに特使として派遣されるみたい」

「あたしたち、何年、セックスしてないかしら」

「なんだよ、藪から棒に！」

「セックスよ、セックスの話をしてんのよ、あたし。わかんないの？　セックスじゃ、お上品だっていうなら、**ファックよ！　おまんこ！**」

「どうしたんだ？　えっ、おまえ、落ち着きなさい。いいかい。鎮静剤は持ってるね？　とにかく、いまは、それを飲んで、寝るんだ。いまどき、**若い夫婦だってセックスレスがふつう**なんだろ？　ったく、明日、精神科に行くんだ。待てよ。それでは、マスコミにバレてしまうか。家に呼ぶから、いいね？」

「そんなことじゃ解決しないわよ！　精神科医になんか見せなくたって、それぐらいわかるわよ！　あたし、ファックしたいのよ！　わかる？　一日中、おまんこのことばかり考えちゃうのよ！」

「わかった、わかった！　静まりなさい。きみはビョーキなんだ。ハニー、アー・ユー・オーライ？　わかった！　わかるよ。すごくよくわかる。ぼくも大統領だったから。国務長官はハードな仕事だもの。ストレスがたまって捌け口を求めてるんだ。それに、ある種の更年期障害なのかも。大丈夫さ、いい医者を知ってるんだ」

「あなたになにがわかんのよ！　そりゃ、あなたにはいい捌け口があるでしょうよ。あたしたち女性にはないの！　性的な非対称性よ！　だから、ずっとうずうずしてんの！　ああああ、おまんこ、おまんこ、おまんこできたらいいなあ」

「なんて口のきき方するんだ！　イカれたハイスクールガールじゃあるまいし！　ハニー、盗聴されてたらアメリカの国益はどうなるんだ！」

「そうよ、イカれちゃったのよ、あたし。ねえ、あたしたちって夫婦よね。神さまの前で誓ったわよね、助け合うって。助けてよ、いますぐ。あたしを満足させなさいよ！　そりゃ、あなたはいつでも若い女とやれるでしょうよ！」

「ほら、もう！　そうやってなんの根拠もないことを……ごめん、根拠あるよね……」

「さあ、突き刺してよ！　あなたがその気になるように、ちゃんとコスプレしてきたんだから！」

「ハニー、なんで軍服着てんだよ！　国防長官でもないのに」

「でも、その下にはなにも着てないわ」

「……ハニー、携帯が鳴ってるぞ……」

「そんなの、どうでもいいわ！」

「どうでもいいって……それ、国務省とのホットラインじゃん……呼び出しがかかってんだろ……ロシアでクーデターがあったのかも……ニッポンでまた首相が代わったのかも……そんなことで呼ぶわけないか……とにかく！　ハニー、お願いだから、きみの職務を遂行して！　頼むから！」
「んもうっ！」

ヒラリー・クリントン激似の女が寝室を出てゆく。ビル・クリントン激似の男は、寝室のドアに耳をつけ、ヒラリー・クリントン激似の女が確かに、国務省に出勤したのを確かめると、ホッとした様子を見せる。
「やれやれ……。ハニー……おまえのいうことはほんと正しいよ。**ポリティカル・コレクトネス**……ちがうか、この場合は……とにかく、おれだって、おまえのいう通りだと思うよ。問題は、**それでは勃たない**ことなんだよね」

ビル・クリントン激似の男は、あたりの様子を窺い、安全だと確認すると、ベッドの頭の部分の壁をそっと押した。壁はゆっくりと後退してゆく。なんと、夫婦のベッドのすぐ近くに「秘密の抜け穴」があったのか。さすがに悪知恵の働く男はちがう。壁の中に入りこむと、ビル・クリントン激似の男は、その秘密のドアを閉めた。そこは、小さな隠し部屋……。花柄のカーテン、花柄のシーツと花柄のベッドカヴァーに覆われた小さなベッド。そして、花柄のソファに座っていた「人形」を激しく抱きしめる。

「あああ、待たせたね……ハニー……。妻が放してくれなかったんだ……ごめん……すねないで、小鳥ちゃん……ぼくが愛しているのはきみだけさ……」

「うっぷ……ビル……あんた……いきなり舌突っこまないでくれる！」

「ワワッ！　アスカちゃんがしゃべってる！　ああっ！　なんてこった、精神科医にかかんなきゃならないのはヒラリーじゃなく、ぼくの方じゃん！」

「ビル、ったら、もう。気のせいじゃなく、ほんとに、あたしがしゃべってるだけ」

「……ハニー……これ、なにかのトラップ？　ドッキリカメラ？　まさかね」

「ちがうわよ……あたしの目を見て……」

「目を見てると……余計信じられないんですけど……瞬きとかしないし」

「ビル……ビル……ほんとうはこんなことをしたくないの……でも**非常事態**だったの……どうしてもあなたに伝えなきゃならないメッセージがあったの……」

「メッセージ？　どんな？　意志も生命も持たない人形が、伝えなきゃならないほどの重要なメッセージって、なんだ？」

「ビル……あなた、あたしを好きなのはわかるけど、人形相手にしては**舐めすぎよ。**一時間もあそこばかり舐められるこっちの身にもなって……」

「それがメッセージかよ！」

「……ってこれは冗談……ビル、ほんとうはね……」

暗く、そしてだだっ広い部屋。巨大なテーブルの端に、ひとりの男が座って、憂鬱そうに頬杖をついている。その男は……もう聞きたくないかもしれないが**バラク・オバマ現アメリカ大統領瓜二つ**だ。

大丈夫、今回はもう、バラク・オバマ現アメリカ大統領瓜二つの男の横の椅子には、髪を肩まで垂らした日本人っぽい高級ダッチワイフが腰かけている。

「実際、バカげてる！」バラク・オバマ現アメリカ大統領瓜二つの男はうんざりしたように呟く。

「こんな姿を国民に見られたら、来年の大統領選挙、勝てるわけないじゃん。っていうか、恥ずかしくって、選挙戦になんか出られるわけないか……」

バラク・オバマ現アメリカ大統領瓜二つの男の正面の壁のテレビ画面が突然、明るくなる。そこに映っているのは、なんと、キム・ジョンイルそっくりの男ではないか……。それから、左横の壁にもテレビが。こちらには、先ほど見かけたばかりの、ビル・クリントンそっくりの男。さらに、その隣の画面にも知った顔が。さらに、もう一つ……。

「みなさん」バラク・オバマ現アメリカ大統領瓜二つの男は、それぞれのテレビの画面を見据えるように、重々しく、こういう。「テレビ会議に参加していただいて感謝します。最初に申し上げておきますが、この会議の機密は厳しく守られています。ご安心ください。紹介が遅れました。アメリカ合衆国大統領バラク・オバマです。えっと……なんと紹介したらいいのやら……こちらのレディは……レディは……」

「バクちゃん……それ、オリエント工業のアンジェシリーズの恵ちゃんの『美白』バージョンだろ。いい仕事してるよね。それから、バクちゃん、『美白』を選ぶところがニクいよね！　隣にいるのは、バクちゃんと同じアンジェシリーズのしずか……ぼくはオリガって呼んでるけど……あっ、ロシアのプーチンです」

「バクちゃん、って気軽に呼ぶなよ……こちらの女性をぼくはミオちゃんと呼んでます」

「えっ？　アキヤマミオちゃん？　『けいおん！』の？　ワアッ、そっくりだあ！

あっ、すいません、自己紹介します。キム・ジョンイルです。あだ名はショウグンサマです。この子は、トモミちゃん」

「ビル・クリントンです。この子の名前はアスカ……」

「えっえっ？『エヴァ』の惣流・アスカ・ラングレー？ 似てるっ！」

「ショウグンサマくん、それ誤解だから。おれ、日本製アニメとか見ないし」

「首脳のみなさん！ 不規則発言はつつしんでください！ 我々は、緊急事態に対処するために集まったわけなんですから！」

「あのお……カン・ナオトです……ニッポンで首相をやらさせていただいております……たぶんもうすぐ辞めなきゃならんのですが……今回はいろいろご心配いただきありがとうございました……えっとアイコです……」

「あっ、それ、ラブドール・ジュエルシリーズの『つむり目アリス』じゃないか！ 136センチ・21キロね。標準仕様でセーラー服がついてくるんだよね。ナオちゃん、あんた、ロリコンだったのかよ！」

「おまえにそんなことをいわれる筋合いはない！ そんなことをいう前に、北方領土を返せ！」

「だから……首脳のみなさん……お願いですから……静かにして！ ぼくの話を聞いてください！ ……今回、我々が、もっとも内奥の秘密である彼女たち同伴でこの会議に臨んでいるのは……実際、みなさんがそんな趣味を持っているなんて知らなかった……」

「ほんとだよ……バクちゃん」

「バクちゃん、って呼ぶな……いや、彼女たちが一斉に同じメッセージを発信したからです。もちろん、最初は、わたしも信じませんでした。だが、国防総省が所管する巨大コンピューター『ハルハル』もまた、あのメッセージと同じ結論を導き出した……」

「御意……ロシア内務省の誇るスーパーコンピューター『レーニン』も……」

「同じく……我が国の誇る気象庁のスーパーコンピューター『春夏秋冬』も……」

「ネ・マリ・ク・マリエヨ……同じくってことです……ぼくのiMacも……」

「そうです。このメッセージを受けとった者はそれを実行すべし、さもなければ、ゲンパツからの放射性物質の漏洩はフクシマに止まらず世界は滅びるであろう、と～♪」

「……極秘情報だが、チェルノブイリの石棺の内部の熱が数日前から上昇中～♪」

「……同じく、ハニーからの情報では、スリーマイル島のいまや稼働していないはずの2号炉でも原因不明の温度上昇～♪」

「……実のところ、秘密だけれどぜんぜん秘密じゃない、我がヨンビョンの核燃料施設もなんかヤバいことになってるんだって〜♪」

「……もちろん、我がフクシマはいまも順調に放射性物質を放出中〜♪」

よりによって歌だ。いや、いまこそ歌というべきなのかも。テレビ会議に（ダッチワイフ同伴で）出席中の各国首脳のセリフもまた歌になる。いつしか、ものみな歌になる時が来る……といいね。このシーンの最後は、いうまでもなく、首脳たち全員がハモりながら伝える、**メッセージ**だ。

「いまこそ行け〜♪
フクシマ第一原発前へ〜♪
行きて〜そして……〜♪」

心配しなくても大丈夫。どっちみち、これらすべてにはなんの意味もないんだ。それに。**現実は続くがどんなにひどい作品も必ず終わるんだから。**

しかも。

AVの場合、最後はセックスと決まってる。これを「救い」と呼ばずに、なにを「救い」と呼ぶのだろうか。

2011年9月11日、フクシマ第一原発前特設会場に人びとが集まってくる。

なぜ9月かって?

そりゃあ、**8月は野外セックスには暑すぎるからだ……。**

続々とチャーターされたバスが到着する。どんなにエラい人物でも、乗り物は全員バスかバンと決まっている。それが**AV的民主主義**だ。

最初に降りてくるのは、この業界の有名人たち。

『ボディコン労働者階級』で名高いバクシーシヤマシタ監督、ひとことどうぞ。

「今日の彼女は、可愛いコビトの女の子です、楽しみだなあ」

『僕の愛人を紹介します』で名高いカンパニーマツオ監督、ひとことどうぞ。

「ぼくのセックスが世の中のお役に立つならいつでも参加します」

『女が淫らになるテープ』で名高いヨヨギチュウ監督、ひとことどうぞ。

「今日もがっちり淫らに行きますよ」

『ジーザス栗と栗鼠スーパースター』で名高いアダチカオル監督、ひとことどうぞ。

「ウンコはなし、セックスだけってことで」

『素人レズナンパ』で名高いハルナ監督、ひとことどうぞ。

「はい、さっき相馬郡でナンパしてきたばかりのエイミちゃんとからみま～す」

「空からスケベが降ってくる」で名高いムラニシトオル監督、ひとことどうぞ。

「今日はね、三十六年ぶりに、クロキカオルとからみますよ～」

『プロジェクトSEX』で名高いヒラノカツユキ監督、ひとことどうぞ。

「今日は……今日は、ユミカが相手なので、途中で泣いたらごめん……」


えっ……。監督の恋人・ユミカは死んでしまったんじゃなかったろうか。ついこの間、その顚末を盛り込んだ『監督失格』を見たばかりなんだが。でも、ヒラノ監督の横にぴったりくっついて艶然と微笑んでいるの、おれも会ったことがある、あのユミカちゃんだ……。

もしかしたら、**今日は死者の出席も許可されているのか?**　お盆も終わったというのに。

いや、おれには、ここに出席した人たちが、本人なのか、ただのそっくりさんなのかもわからない。死者が交じっていたって、わからないのだ。

自然エネルギーと白戸家で有名なソンマサヨシさん、ひとことどうぞ。

「この方面には疎いんですが、ゲンパツを止めるために頑張ります」

国策捜査で逮捕されたと訴えているホリエモンさんは収監中の長野刑務所から駆けつけました、ひとことどうぞ。

「AV女優のプロデュースもやってるからね、まかせてください」

ゲンパツといえばこの人ヒロセタカシさん、ひとことどうぞ。

「なんでもヨヨギチュウ監督はぼくと似てるそうじゃないか、だったらぼくにもできるかな」

インタビューなんかしている場合ではない。続々と詰めかける、「フクシマ第一原発前集団セックス」参加者によって、広場は徐々に埋め尽くされてゆく。

エダノ官房長官がいる……。ホソノ原発担当大臣がいる……。ヤマモトモナはいないけど……。オザワイチロウがいてハトヤマユキオがいてマエハラセイジがいる。もちろんタニガキサダカズがいてイシハラノブテルがいてコウノタロウがいる。エリザベス女王がいてアサハラショウコウがいてホーキング博士がいる。クロサワアキラとディズニーとパゾリーニが抱擁している。フセイン元大統領とブッシュ元大統領（父と息子）が抱擁している……。だんだん書くのが面倒くさくなってきた。あなたが知っている有名人はみんないるはずだ。だって有名人を1万組・2万人集めてくれって、ジョージに頼んだから……。

☢

ふたり一組のカップル間の距離はざっと3メートル。だとするなら、広場には、300メートル×300メートルでできた巨大な人の塊がある。1万組・2万人の精鋭たちは男はパンツ一枚、女はブラとパンツでいまや遅しと待ち構えている。静まりかえるゲンパツ前広場……ちがった、すべてのカップルがその横に置いた線量計が耳障りな音をたてつづけている。おれは演壇に登り、巨大なメガフォンを口にあてた。……みなさん……ここからはわたしが指揮をさせていただきます……みなさんが勝手にセックスしたらそれは単なる乱交ですから……今日みなさんにやっていただくのは……一糸乱れぬセックス……心を合わせたセックス……自分の欲望を満足させるのではなく……周りのすべてのカップルと共同で作り上げるセックスです……今日は……今日だけは……おまんこもちんぽこも……他者のために捧げてください……いやもちろんイッてもいいんですけど……そのことによってなにが起こるのかわたしにもわかりません……とにかくやってみるしかないのです……

背後から聞こえてくる音楽。この場にふさわしい音楽はなんだろう。おれが悩む必要はない。彼らが勝手にやってくれるみたいだから。

時が来た〜♪
確かなその呼び声に耳をかたむける時〜♪
世界が一つになるべき時〜♪
人びとが死んでゆく〜♪
だから手を伸ばそう〜♪
いのちという素晴らしい贈り物に〜♪
もうこれ以上〜♪
偽りの日々をおくるわけにはいかない〜♪

誰かがどこかで何かしてくれるさなんて～♪
ぼくたちはみな神の～♪
大いなる家族のひとり～♪
そして真実とは～♪
ぼくたちが必要としているものこそ愛だということ～♪

ウィー・アー・ザ・ワールド～♪
ウィー・アー・ザ・チルドレン～♪
輝く明日を作るのは～ぼくたちひとりひとり～♪
だから与えよう～♪

いまこそ自分で選ばなきゃならない～♪
ぼくたち自身のいのちを守ることを～♪
そうだ～よりよき世界を作ろう～♪
きみとぼくとで～♪

おれの隣でマイケル・ジャクソンが歌っている。その隣ではジャニス・ジョプリン。それから、ジミ・ヘンドリックス、ブライアン・ジョーンズ、ジム・モリソン、カート・コバーン、坂本九、尾崎豊、忌野清志《いまわのきよし》郎《ろう》……。生きてるやつはいないのか……。やつらが歌うと、なんだか歌詞がよけい身に沁みる……。時々、これがAVであることを忘れそうになる……。ふつうのチャリティーじゃないか、これじゃ……ダメだ、そんなの……。

さあ始めましょう……最初はお互いに見つめ合うことから始めましょう……AVをバカにしちゃいけない……愛の探求にいのちを賭けたやつらの日々を……目を……瞳の奥を見つめよう……もうずっと長い間見ていなかっただろうから……確かに若さはなくしたかもしれない……だが若さはいつかはなくなるのだ……最初に会った日のこと……最初に魅かれた時のことを思い出して……まだ……まだ見つめていて……その人と会う前その人がもっとずっと若かった頃のことを想像して……それからずっと未来のことを……その人が老いさらばえて……たったひとりで死んでゆく時のことを……もういい……キスしたくてたまらなくなっているだろうから……みなさん……キスして……まずは微かに

唇を触れるところから……ほんの少し……触れたのか触れていないのかわからぬほどのささやかな接触……

ウィー・アー・ザ・ワールド～♪

ウィー・アー・ザ・チルドレン～♪

輝く明日を作るのは～ぼくたちひとりひとり～♪

だから与えよう～♪

それから……唇で唇を味わう……それから先のセックスのためではなくそれ自体を味わうために……いままでは急ぎすぎていた……今日こそゆっくりとすべてを味わおう……唇を開き……舌を入れる……歯……相手の舌……舐める……もっと……いくらでも……表現できない味がするはず……あなたの口の中にその人の唾液が溢れる……それにしてもいったん外に出した唾液なんか飲めたものじゃないのに……口と口の間の受渡しならOKなんて……人間はおかしな生きものだよね……飲みこもう……どんな果汁より芳醇《ほうじゅん》なその飲みものを……

ウィー・アー・ザ・ワールド〜♪
ウィー・アー・ザ・チルドレン〜♪
輝く明日を作るのは〜ぼくたちひとりひとり〜♪
だから与えよう〜♪

そのまま下がってゆく……唇を……濡れた顎から濡れたのどへ……もちろんその前に見ることを忘れずに……さっき瞳を見つめたように……からだのすべてを目に焼きつけよう……あなたにからだがあるとはなんて不思議なことだろう……皮膚の細かい皺の一つ一つを……初秋の光に輝く産毛の一本一本を……見るべきなのだ……それから後……唇と舌で味わうのである……何処へ？……のどから隆起する胸へ向かうも可……あるいは……華奢《きやしや》な鎖骨の窪みから……遥か世界を横断して……複雑にして優雅な輪郭を誇る肩甲骨《けんこうこつ》の周囲を彷徨うのも悪くはない……見る……見つめる……舐める……触れる……噛む……頬をこすりつける……嗅ぐ……爪を立てる……それらをどれも……完全に交互に行なってください……どちらが優位に立つとかではなく……どちらが主導権を握ろうとするわけでもなく……あらゆる場所を……経めぐってください……腋《わき》の下も……足の親指と人指し指の間も……まあ足の指では人を指せないわけだ

けれど……陽光の下で見るのは初めてなので発見される腰骨の近くの小さなホクロにさえもくちづけを……

ウィー・アー・ザ・ワールド〜♪
ウィー・アー・ザ・チルドレン〜♪
輝く明日を作るのは〜ぼくたちひとりひとり〜♪
だから与えよう〜♪

さあ裸になって……下着はもう脱いでください……隠すところはもうありません……心おきなく見つめてください……その人のすべてを……愛撫の手を一度止めてもう一度見つめてもかまわない……それから……それから……もっとも敏感なところに近づこう……とはいえこういうことは一般論ではなかなか難しい……ここには1万組・2万人もの男女……さらには男でも女でもない人……男でも女でもある人……そのような分類が不可能な人もいて……忘れていた……死んだ人も……明らかに人間ではない存在も交じっている……それら全員に通用する指示なんかあるわけないよね……だがわたしはあなたたちの……知性と理性と悟性を信用したい……さあ近づいて……毛に覆われた……なくっ

てもいいけど……敏感なそれ……それが凸な部分であれ……凹な部分であれ……まず口づけを……その前に熱い吐息を吹きかけよ……

ウィー・アー・ザ・ワールド～♪
ウィー・アー・ザ・チルドレン～♪
輝く明日を作るのは～ぼくたちひとりひとり～♪
だから与えよう～♪

でもこんな明るいところでまじまじ見たことないんじゃないですか……しかもガイガーカウンターが鳴りっぱなしという悪環境下で……ソフトに……もっとソフトに……あなたがこれが限界だと思うソフトさのさらに百倍のソフトさで……ほらね……人間の感覚はそんなにも繊細なんだ……いや人形を差別してるわけじゃありません……傲慢でしたすいません……舐めるのではありません……溢れんばかりの唾液でくるむのです……吸うのではありません……そのものに直接触れずに遠くから振動させるのです……指を突っこんで高速で抜き差ししたりしちゃいけませんよ……ＡＶでよくやってるあれはゲームですから……マジメに受けとらないでください……セックスはゲームではありません……

ウィー・アー・ザ・ワールド～♪
ウィー・アー・ザ・チルドレン～♪
輝く明日を作るのは～ぼくたちひとりひとり～♪
だから与えよう～♪

そうやって……そうやって……1万組・2万人が一斉に執り行なうセックス……その場所に向けて……周りのトウモロコシ畑から……**いつからそんなものがあったんだよ**……人びとが加わってゆく……**それを作れば彼が来る**……『フィールド・オブ・ドリームス』かよ！　……ということは……新たに加わって来るのはみんな死んだ人間なのかも……

さて……もう入れたいよね……すぐに入れたいよね……でもその前にやるべ

きことがまだ残ってる……入れるだけなら結局禽獣《きんじゅう》と変わりませんから……耳もとで囁く愛のことばを……なんでもかまわない……それはある意味でことばではなくからだに関するあることなんだが……愛しているよ、精一杯だよ……好き好き大好き超愛してる……いや別に他人のことばを借りなくとも……自分のことばなんてものがあるかどうかは知らないけど……思いの丈を……一生に一度いってみたいことばを……他の誰にも聞こえぬほど小さな……小さな声で……

ウィー・アー・ザ・ワールド〜♪
ウィー・アー・ザ・チルドレン〜♪
輝く明日を作るのは〜ぼくたちひとりひとり〜♪
だから与えよう〜♪

ゆっくりと入れていこう……できるかぎりスローに……信頼できるアンケートによれば……性交時女性の9割は男性の挿入速度が速すぎると感じている……痛いそうですから気をつけて……そう……自然に……まるで中から吸いこまれてゆくような感じで……しかもその途中で……口づけも囁きも愛撫も忘れ

てはいけません……スローに……時代の趨勢に逆らって……もっとスローに……そしてとうとうそれ以上奥には行けないところまでたどり着く……よろしい……しばらくそのままでいてください……入れたまま動かずただ……強く相手を抱きしめて……ふたつのからだがまるで一つになったような気がする……いやそれでも薄い皮膚の向こうに自分とは異なる他者の存在を感じるのかもしれない……ところで……セックスしている時どうして我々は目を瞑るんでしょうか……女性はたいてい目を瞑ってる……実は微かに薄目を開けて見ているのかもしれないが……シラケルからだろうか……もしかしたら我々は怯えているのかもしれない……見ることを……ほんとうの姿を見ることを……相手のことなど考えていない自分の姿を見られることを……だが今日はあなたは少しも怯えていない……だから目を開けよう……いままで瞑っていたとしても……欲望が全開になるいまこそ目を開けよう……相手を見よう……そして動きだそう……スローに……もっとスローに……

ウィー・アー・ザ・ワールド～♪

ウィー・アー・ザ・チルドレン～♪

輝く明日を作るのは～ぼくたちひとりひとり～♪

だから与えよう～♪

世界各地から異変のニュースが飛びこんでくる。チェルノブイリの石棺が突如巨大なかかしに変身しフクシマに向かって歩きだした！　同じ頃、スリーマイル島の2号炉が巨大なライオンになり、これもフクシマに向かって太平洋を泳ぎはじめた！　そればかりか突然メカゴジラが出現し、こいつもまたフクシマに向かっている模様……

ちょっと待て、かかし、ライオン、ロボット……『オズの魔法使』じゃないか……会長の兄さん、聞いてますか？　朗報です……たぶん……待てよ……ということはフクシマ第一原発はドロシーなのか⁉　このドロシーには、いったいどんな物語があるというのか……仮にそれがどんなに深遠なお話だとしても、確実にいえるのは、AV向きではないということだ。

あとは射精があるだけです……ここまで来ればわたしのことばも聞こえないかも……でもひとことだけいわせてください……他者を手段としてのみならず同時に目的として扱ってください……カントという人がそういったそうです……意味はわからないけど……って聞いてないですねわたしの話……では……GO ON MOVING！ ……

おれは演壇を降りた。暑くて、おれは、犬みたいにはあはあいってる。おれの前では、2万人……じゃなくて、もう数えきれないほどの連中が、**はあはあいっていた**。最後に射精が待っている。もうすることはなにもない。おれが気にいった時に、**さあ行って！** そういえばいい。

演壇の横にジョージがいた。おれは、ジョージの肩に手を置いた。

「ジョージ」

「ナニ？」

「どんなに馬鹿馬鹿しい作品を作っても現実の馬鹿馬鹿しさには到底かなわない。こういうの負け戦っていうんじゃないか？」

で、**突然、ひらめいた。**アホなAVなんか作るより、もっといいことがあるじゃないか！

なんで、いままで思いつかなかったんだ？　わけがわからん。おれは、自分の思いつきに有頂天になっていた。

「ジョージ」

「ナニ？」

「おまえ、なんでもできるんだよね」

「ハイ」

「もしかして、死んだやつを蘇らせたりとか？」

「ハイ」

「もしかして、事故や災害がなかったようにすることも？」

「ハイ」

「家も堤防も学校も畑も港も公民館も線路も、元通りに？」

「ハイ」

ちょっと待て。もっといい考えがひらめいた。それじゃあ、最初からジョージに頼んで、地震も津波も起こらなかったことにしてもらえばいいじゃん！ 死んだやつを全員蘇らせてもらえばいいじゃん！

それはものすごくいい考えに思えた。なにもかも全部元に戻してもらうんだ。おれは、母親のことを考えた。それから、もうひとりの母親のことも。それから……。

「ドウスルノ？」ジョージがいった。

「ミンナ元ニ戻シトク？」

揺れていた。余震だ。いやちがうかも。何万人ものやつらのセックスの震

動？　わからねえ。

「ジョージ」

「ナニ？」

「揺れてる？」

「イヤ、揺レテナイヨ。気ノセイジャナイノ？」

おれは考えた。**なんでおれがチャリティーAVなんか作らなきゃなんないんだ。よりによっておれが。これをやんなきゃならないとしたら、おれじゃない。もっと別の誰かじゃないか。**

ちがう。そのことじゃなかった。おれが考えたのは。

「ジョージ」

「ナニ？」

「さっきの話なんだが」

「ソレデ？」

「やめとく」

「ナンデ？」

おれは少しの間、黙っていた。そして、こういった。

「たぶん、**それは間違ってるから**」

いや、おれのいったことも間違ってるんだ、たぶん。そして、おれは演壇に戻った。

最後の仕事をするために。

10！

5!　6!　7!　8!　9!

4!

3!

2!

1!

☢

行け!!!
男たち、
女たちよ!!!

まぶしい光に包まれて、おれは、あるところに立っていた。そこには光しかなかった。あとはなにも。

ずっと待っていたんだ、とおれは思った。何十年もずっと。

おれの目の前に、そいつがいた。そいつは……ものすごくきれいだった……なんて、おれのボキャブラリーは貧しいんだ……。

そいつはニッコリ笑っていた。

「ともこ……」

そいつは「ともこ」だった。でも、もはや人形ではなかった。もちろん、人間でもなかった。それ以上のなにかだった。では、それはなんだ？　それに、人形ではないから嬉しいのだろうか、おれ。わからん。

「ともこ……でいいのかい。おれは、勝手に、そう呼んでたけど」

「いいわよ」そいつはいった。

おれはなんというべきなんだろう。やっと会えたね？　まさか……。

「ともこ……きれいだよ」

「ありがとう。そういわれるとうれしいわ。だって、あたし、一生懸命頑張ったのに、『汚れてる』っていわれてきたから」

「あんたの場合とはちょっと意味がちがうかもしれないけど、おれもよくいわれるよ」

「そうなの？」

「ああ。いいたいやつにはいわせとけ。それ、あんたに嫉妬してるからだよ」

「そうかしら」

「そうだよ。自分に似てないやつを見ると、貶したくなるんだ。ケチな根性のやつばかりさ」

「あなたはちがうのね」

「いや……おれもたいしてちがわない……」

「どうしたの？　なんだか、いつもとちがうわね」

「すまん。あんたがまぶしすぎるんだ。前は……おれと同じようなものだと思ってた……でも、あんた、ほんとはすごかったんだな……もう、おれとは不釣り合いだよ」

「なにいってるの。あなたこそ、あたしをずっとレディみたいに扱ってくれて、あたし、嬉しかったわ。でも……」

「でも？」

「もう、お別れなの……」

「お別れ……」

「そう」

「もう、おれのことなんか嫌いになったのかい？」

「そうじゃないわ。あたしたち、ここにはいられないってわかったの」

その通りだ。おれはそう思った。おれたちは、おまえをどう扱えばいいのかわからなかったんだ。

「どうしても行っちまうんだね？」

「ええ。あたしたち、ずっとずっと待ってたの。あなたたちが、ちゃんと受け入れてくれるのを。でもダメだったわ」

「残念だよ……ほんとに」

「ごめんなさい」

「いや……でも、どこか行くあてはあるのかい？」

「この人が連れていってくれるの」

「ともこ」の後ろに、誰かがいた。誰だかはすぐにわかった。おれの胸が、なにか鋭いもので突き刺されたように痛んだ。ほんとうに。おれはいった。

「ジョージ……おまえなのか……」

ジョージは「ともこ」と手を繋いでいた。ふたりは……ふたりっていうのか、そういうの……とにかく、ふたりは、いい感じのカップルに見えた。

「怒ッテル？」ジョージは申し訳なさそうにいった。

「怒ってない」おれはいった。

「ホントニ？」

「おまえ、なんでもわかるんじゃないの？」

「ソウデモナイヨ」

「地球を侵略するんじゃなかったのか？」

「止メマシタ」

「なんで？」

「意味ナイカラ」

なるほど、とおれは思った。なるほど。

「で……ともこを連れていくのか？」

「スイマセン」

おれは黙った。こういう時、いったいなんていえばいいんだ？　教科書にも書いてないし。

「こんなことをいえる資格がおれにあるのか、わからんけど……ともこをよろしく頼む」

「ワカリマシタ」

音楽が流れはじめた。もうすぐなにもかも、終わっちまう。おれは……おれは、「ともこ」にいった。

「最後に……ひとこと、訊いていいかい？」

「いいわ」

「あんた……おれのことを……少しでも……好きだったかい？」

「ともこ」は微笑んだ。それが、おれの見た、「ともこ」の最後の微笑みだった。

「好きだったわ」

「……どこが？」

「初めてあったとき、あなた、スヌーピーのTシャツ着てたわね。五十過ぎて、あんなの着ないわよ。ぜんぜん似合ってなかった。そういうところが好きだったわ」

「ありがとう」おれはいった。

「さよなら、監督」「ともこ」はいった。

そして「ともこ」は、**そこから出ていった。永遠に。**

☢

っていうのはどう？

その案、却下。

なんで！

そんなのＡＶじゃないからだよ！

文庫版あとがき　ひどい小説

いい機会だから、久しぶりに、この『恋する原発』を読み返してみた。おそるおそる、である。で、こう思った。ひどい……なんて、ひどい小説なんだ……。

確かに、おれは、ひどい小説を書いた記憶がある。しかし、その記憶以上にひどい。やるなあ、おれ。

おれは、ときどき、ひどい小説を書きたくなる。いや、小説に限らないのかもしれない。なにか、ものすごくひどいものを書きたくなる。そうでなければ、とても正気ではいられない。そういうことがある。

さっき、テレビをつけたら、薄笑いを浮かべて、金髪の男が調子よくなにかをしゃべっていた。なんでも、新しい、アメリカの大統領らしい。マジで？　おれの知り合いのアメリカ人が、これから少なくとも四年は「地下にもぐって暮らす」といっていた。要するに、正気ではいられない、ということだ。誰でも、そういうことはあるんだ。

最初に、ひどい小説を書いたのは、デビューした頃だ。おれは、ひとつ小説を書いた。そして、ある出版社の新人賞に送ってみた。そいつは、なにかの間違いで、最終選考にまで残ったが、残念ながら落ちた。落ちただけじゃない。選考委員からクソミソにいわれた。そこまでいうことはないだろう！　ってぐらいに。でも、よく考えてみると、やつらは正しかった。ひどい小説なんだから、「ひどい！」というしかなかったのだ。さすが、見る目がある、というしかない。

なぜ、三十歳のおれは、そんな「ひどい小説」を書こうとしたんだろうか。いまとなっては、その理由をおれもはっきりとは覚えていない。おそらく、おれは、なにかに怒っていたんだと思う。なにに？　社会に？　そうかも。自分に？　それもあるかも。いや、おれは、そんな怒りを表現する手段として使っている文学とか小説とか、そういうものにも怒っていたのかも。じゃあ、書くなよ。そう思うよね。でも、おれが使えるものは他になかった。いや、おれがいちばん信用していたのも文学や小説だったんだ。ほんとうに困った。進退窮まった、ってやつだ。こんなこと続けていたら、死んじまう。なので、おれは、ひどい小説を書くのはやめた。いや、おまえ、けっこうひどい小説を書いてんじゃん、っていわれるけど。あれは、いい小説を書こうと思ったけど、失敗して、ひどい小説になっただけだから……。

およそ三十年ぶりに、おれは、ひどい小説を書こうと思った。理由は……なんだったんだろう。なにかに怒っていたのかも。社会とか、自分とか。それだと三十年前と同じ理由になっちまう。ぜんぜん進歩してない。進歩してない自分にも怒っていたのかもしれん。理由はともあれ、おれには、ひどい小説を書く必要があった。というか、おれたちはみんな、ひどいものを読む必要があったんじゃないかな。おれたちは、ひどいなにかに囲まれていたわけだから。

おれたちを囲んでいる、ひどいなにかに対抗するためには、それに負けないぐらいひどいなにかが要るんだ。ちがうのかな。立派ななにかが対抗したほうがいいのかな。どうも、みんなは、そう思っているらしかった。

そうだ。おれは思った。おれは、どうも、みんなと考えがちがうらしい。だいたい、おれは、もともと、立派なものが苦手みたいなんだ。おれが、突発的に、文学や小説や芸術や思想、その他もろもろ、立派なものがイヤになるのは、そのせいなのかも。

残念なことに、おれは、どんどん立派なことを言う（あるいは書く）人になりつつあるらしい。そんなことを書こうと思ってるわけじゃないんだが。悪い傾向だ。このまま行くと、聖人になっちまうかも。たぶん、ボケてきたせいじゃないかな。

完全にボケきる前に、おれは、できるだけひどい小説を書きたかった。とはいえ、この小説、かなりひどいけれど、おれが理想とするひどさには達していない。残念なことに。おれたちを囲んでいる、ひどいなにかに比べると、子どもの遊びみたいなもんだ。おれにできるのは、ここまで。あとは、あんたたちにもっとひどいものを書いてもらいたい。地獄の底で、楽しみに待ってるよ。

高橋源一郎

解説　速い

川上弘美

この文庫本の底本となる長篇小説、すなわち二〇一一年十一月に発売された『恋する原発』の単行本の帯には、「大震災チャリティーAVを作ろうと奮闘する男たちの愛と冒険と魂の物語！」とあります。表紙の色は、ひまわりの黄色。大きなフォントで題名と作者名が左右に印刷され、まん中には放射能のハザードシンボルがひっそりと置かれています。初出は、二〇一一年発売の雑誌「群像」十一月号。東日本大震災と、福島第一原子力発電所の事故を受けて書かれた小説であるだろう、ということは、当時はあきらかでした。

この文庫本が出る二〇一七年、震災と原発事故が起こってから六年が過ぎています。「原発」という言葉が題にあるので、「おそらく福島第一原発の事故とつながっている小説なのだろうな」と、はじめてこの本を手に取ろうとする読者は思われることでしょうが、単行本が出た当時のようには、打てば響くようにこの小説を東日本大震災とつなげることは、もしかすると、なくなっているかもしれません。実は、わたし自身も、およそ六年ぶりに本書を読んでみて、最初に読んだ時とは少しちがう印象を得ました。そのことを、書いてみたいと思います。

小説の語り手「おれ」は、小さなAV制作会社で、宇宙人の「ジョージ」をアシスタントディレクターに使いながら、東日本大震災チャリティーAVをつくろうとしています。いったいどんなものをつくればいいのかと、「おれ」は、今までつくってきたAVを振りかえったりもします。この会社の制作するAVは、かなりニッチなAVです。わたしはAVを観たことがないので、『恋するために生まれてきたの・大正生まれだけどいいですか？』等々のAVが、もしかするとかなりメジャーな分野のものなのか、それとも違うのか、ということを判断できないのですが、まあたぶん、ニッチですよね。そのあたりの、高橋さんの軽やかさと飄逸《ひょういつ》さのセンスの面目躍如ぶりに、嬉しくなります。これは、六年前に読んだ時も今も、変わりありませんでした。

変わったのは、この小説が、東日本大震災だけをひたすらまっすぐに見つめて書かれたものにちがいない、という印象です。

もしかして、『恋する原発』という題の中の「原発」という言葉にひっぱられすぎていて、この小説の中にある、普遍的なものを、見逃していたんじゃないだろうか？

こんかいわたしは、そう感じたのです。

そう思ってさらにもう一度読みなおしてみれば、たくさんのことに気がつかされます。たとえば、「おれ」の会社の制作するAVの、奇天烈なほどのニッチさは、ただのレトリックではなく、ニッチにならざるを得ない現在の社会のしくみを遠く想像させる部分なのではないか？　あるいは、AVの企画会議で、唐突に「関係ないけど、今の天皇は最高だよね」と言いだす会長について、最初読んだ時には「ぶっとんだ、話せる、小説中の思想を語らせるにはとてもいい位置にあるじいさんだなあ」と感心するだけで過ぎてしまったけれど、実は「会長」とは、第二次世界大戦で理不尽に身内を亡くした日本人たちの象徴であり、良心そのものであるのではないか。それから、ケンタッキー・フライド・チキンをこの世から一瞬で抹消することのできる、宇宙人のアシスタントディレクター「ジョージ」。こちらも、「会長」と同様超現実的で、大好きな登場人物なのですけれど、大胆で一見乱暴にさえみえる彼の動きは、実は震災以前にも以後にも高橋さんの小説にしばしばあらわれる世界へのまなざしそのものであり、よくよく読んでみれば、その動きにしたって、乱暴などではまったくなく、たいそう繊細なものだったのです。またあるいは、小説の中に突然さしはさまれる「震災文学論」の章。本章によって小説にメタな視点がもたらされるわけですが、「震災文学論」と銘うってあるにもかかわらず、この章に展開されているのは、震災文学論だけにはとどまらない、「死」という現象全般について考えるための礎となる論なのです。そして、きわめつけは、震災直後の「言葉の発しづらさ」に対するあきらかな挑発および批判だと思われる放送禁止用語の羅列。これだけは、まさに震災後の空気を受けて高橋さんが腕をならして提示したものだよな、と思っていたのに、今になってみれば、結果としてこれらの言葉の羅列、このところますます強固になっている自己規制的な言葉の使いづらさへの予知的批判になっているではないですか。

すぐれたものは、同時代をうつすだけでなく、未来をもうつしだす、という言葉を聞いたことがあります。まさに『恋する原発』は、その言葉どおりの小説といえましょう。高橋さんは、わざと、軽くみえる言葉や、乱暴な表現を使ってこの小説を書きましたが、時間はそれらの言葉を反対に重く、また痛切に、みがきなおしてしまったような気がします。もしかすると、それは高橋さん自身にとっては、少しつまらないことかもしれません。これだけがんばってパンクなことをしたのに、パンクな部分の芯から、本質のようなものが、出てきてしまった。それも、たった六年で。「修行が足りねえなあ」と、高橋さんが頭をかいている姿が、ちょっと浮かんでしまいました。小説家って（もちろんわたしもです）、小説の本質よりも、小説の表面や細部や言葉尻などの、読者にとっては「どうでもいいんじゃないの？」というところに、ばかみたいにこだわるところがありますからね。

もう一つ、この小説に関して聞いたことを、覚えています。実は、『恋する原発』の元になる小説を、高橋さんは二〇〇一年九月十一日の、アメリカ同時多発テロの後に書き始めたけれど、完成することができなかった、ということです。なぜ、高橋さんは、二〇一一年になったら、『恋する原発』を書けたんだろう。アメリカのことではなく、日本のことだから、書けたんだろうか。でも、そんな単純なことではないのでは？　ずっと、気になっていました。その答を、わたしは二〇一六年十一月に出版された、高橋さんによる新書『丘の上のバカ』の中で、得たように思います。新書の中で高橋さんは、鶴見俊輔さんがご子息に対して言った言葉を引用しています。


小学校六年生くらいのときだったろう。彼は動揺して私のところに来て、

「おとうさん、自殺をしてもいいのか？」

とたずねた。私の答は、

「してもいい。二つのときにだ。戦争にひきだされて敵を殺せと命令された場合、敵を殺したくなかったら、自殺したらいい。君は男だから、女を強姦したくなったら、その前に首をくくって死んだらいい。」

鶴見俊輔著『教育再定義への試み』より

この鶴見さんの答について、高橋さんは新書の中でこう書きます。

これを最初に読んだのはいつのことだったろうか。そのときのショックは忘れることができない。「とたずねた」から「私の答は」までの間に、おそらく、数秒の間もなかったのではないだろうか。そんな気がするのである。鶴見さんは、もっとも答えにくい問いに、考えうる限り、もっとも「速く」答えた。あるいは「応えた」。なぜ、そんなことが可能になったのだろうか。（中略）鶴見さんの思考は、こういう回路を巡っている。難しい問題が与えられる→答える。これでお終い。どうして、鶴見さんの思考の回路は、こんなに短いのか。それは、鶴見さんが「どこかにある正しい回答」を探さないからだ。でも、回答はあるのだ。どこに？　鶴見さんの「中」にである。いや、もっと正確にいうなら、「鶴見俊輔」そのものに、だ。（中略）外からやって来るどんな問いも、必ず、鶴見さんの「身心」を通過する。だから、速い。ほんとうに速い。（中略）自分という存在が「なにもの」で、それはどんな風にできていて、世界で起こる出来事に対してどんな風に反応するのか。鶴見さんは、いつも注意深く観察していた。別の言い方をするなら、自分に対して「他者」になることができた。自分というものに溺れることがなかった。

あっ、これなんだ、と思いました。高橋さんは、いつの間にか、「世界で起こる出来事に対してどんな風に自分が反応するのか」を、「速く」書けるようになっていたのではないか。そうやって、二〇一一年、震災が起こって後のわずかな間に『恋する原発』という長篇小説を書き上げた。震災を受けて書かれた小説だと思っていた『恋する原発』が、もっと広い普遍性をもっているのは、当然のことだったのです。なぜなら、震災という出来事が、高橋さんの身体を通過し、その結果が長篇小説となってあらわれた時、そこには、高橋さんの中にある、すべてのことがあらわれていたからです。いちばん「速く」、高橋さんは、この小説を書きました。そして、「速い」ものは、いつだって、わたしたちの心をとらえ、決して離さないのです。

本書は二〇一一年一一月、講談社より刊行されました。

恋《こい》する原発《げんぱつ》

二〇一七年 三 月一〇日 初版印刷
二〇一七年 三 月二〇日 初版発行

著 者 高橋源一郎《たかはしげんいちろう》

発行者 小野寺優
発行所 株式会社河出書房新社
〒一五一-〇〇五一
東京都渋谷区千駄ヶ谷二-三二-二
電話〇三-三四〇四-八六一一（編集）
〇三-三四〇四-一二〇一（営業）
http://www.kawade.co.jp/

ロゴ・表紙デザイン 粟津潔
本文フォーマット 佐々木暁
本文組版 株式会社創都
印刷・製本 中央精版印刷株式会社

Printed in Japan ISBN978-4-309-41519-2

優雅で感傷的な日本野球

高橋源一郎　40802-6

一九八五年、阪神タイガースは本当に優勝したのだろうか——イチローも松井もいなかったあの時代、言葉と意味の彼方に新しいリリシズムの世界を切りひらいた第一回三島由紀夫賞受賞作が新装版で今甦る。

「悪」と戦う

高橋源一郎　41224-5

少年は、旅立った。サヨウナラ、「世界」——「悪」の手先・ミアちゃんに連れ去られた弟のキイちゃんを救うため、ランちゃんの戦いが、いま、始まる！　単行本未収録小説「魔法学園のリリコ」併録。

福島第一原発収束作業日記

ハッピー　41346-4

原発事故は終わらない。東日本大震災が起きた二〇一一年三月一一日からほぼ毎日ツイッター上で綴られた、福島第一原発の事故収束作業にあたる現役現場作業員の貴重な「生」の手記。

大震災'95

小松左京　41124-8

『日本沈没』の作者は巨大災害に直面し、その全貌の記録と総合的な解析を行った。阪神・淡路大震災の貴重なルポにして、未来への警鐘を鳴らす名著。巻末に単行本未収録エッセイを特別収録。

右翼と左翼はどうちがう？

雨宮処凛　41279-5

右翼と左翼、命懸けで闘い、求めているのはどちらも平和な社会。なのに、ぶつかり合うのはなぜか？　両方の活動を経験した著者が、歴史や現状をとことん噛み砕く。活動家六人への取材も収録。

軋む社会　教育・仕事・若者の現在

本田由紀　41090-6

希望を持てないこの社会の重荷を、未来を支える若者が背負う必要などあるのか。この危機と失意を前にし、社会を進展させていく具体策とは何か。増補として「シューカツ」を問う論考を追加。

裁判狂時代　喜劇の法廷★傍聴記

阿曽山大噴火　40833-0

世にもおかしな仰天法廷劇の数々！　大川興業所属「日本一の裁判傍聴マニア」が信じられない珍妙奇天烈な爆笑法廷を大公開！　石原裕次郎の弟を自称する窃盗犯や極刑を望む痴漢など、報道のリアルな裏側。

裁判狂事件簿　驚異の法廷★傍聴記

阿曽山大噴火　41020-3

報道されたアノ事件は、その後どうなったのか？　法廷で繰り広げられるドラマを日本一の傍聴マニアが記録した驚異の事件簿。監禁王子、ニセ有栖川宮事件ほか全三十五篇。〈裁判狂〉シリーズ第二弾。

ミッキーマウスはなぜ消されたか　核兵器からタイタニックまで封印された10のエピソード

安藤健二　41109-5

小学校のプールに描かれたミッキーはなぜ消されたのか？　父島には核兵器が封じられている？　古今東西の密やかな噂を突き詰めて見えてくる奇妙な符号——書き下ろしを加えた文庫オリジナル版。

黒田清　記者魂は死なず

有須和也　41123-1

庶民の側に立った社会部記者として闘い抜き、ナベツネ体制と真っ向からぶつかった魂のジャーナリスト・黒田清。鋭くも温かい眼差しを厖大な取材と証言でたどる唯一の評伝。

「朝日」ともあろうものが。

烏賀陽弘道　40965-8

記者クラブの腐敗、社をあげて破る不偏不党の原則、記者たちを苦しめる特ダネゲームと夕刊の存在……。朝日新聞社の元記者が制度疲労を起こしたマスメディアの病巣を鋭く指摘した問題作。

センセイの書斎　イラストルポ「本」のある仕事場

内澤旬子　41060-9

南伸坊、森まゆみ、養老孟司、津野海太郎、佐高信、上野千鶴子……。細密なイラストと文章で明らかにする、三十一の「本が生まれる場所」。それぞれの書斎は、その持ち主と共に生きている。

タレント文化人200人斬り 上

佐高信　41380-8

こんな日本に誰がした！　何者もおそれることなく体制翼賛文化人、迎合文化人をなで斬りにするように痛快に批判する「たたかう評論家」佐高信の代表作。九〇年代の文化人を総叩き。

タレント文化人200人斬り 下

佐高信　41384-6

日本を腐敗させ、戦争へとおいやり、人々を使い捨てる国にしたのは誰だ？　何ものにも迎合することなく批判の刃を研ぎ澄ませる佐高信の人物批評決定版。二〇〇〇年以降の言論人を叩き切る。

死刑のある国ニッポン

森達也／藤井誠二　41416-4

「知らない」で済ませるのは、罪だ。真っ向対立する廃止派・森と存置派・藤井が、死刑制度の本質をめぐり、苦悶しながら交わした大激論！　文庫化にあたり、この国の在り方についての新たな対話を収録。

売春という病

酒井あゆみ　41083-8

月収数百万円の世界を棄て、現代の「売春婦」達はどこへ消えたのか？「昼」の生活に戻れるのか？　自分を売り続けてきた女たちが、現在と過去を明かし、売春という病を追究する衝撃のノンフィクション！

言論自滅列島

斎藤貴男／鈴木邦男／森達也　41071-5

右翼・左翼、監視社会、領土問題、天皇制……統制から自滅へと変容した言論界から抜け出した異端児が集い、この国を喝破する。文庫化のために再集結した追加鼎談を収録。この真っ当な暴論を浴びよ！

TOKYO 0円ハウス 0円生活

坂口恭平　41082-1

「東京では一円もかけずに暮らすことができる」――住まいは二十三区内、総工費０円、生活費０円。釘も電気も全てタダ⁉　隅田川のブルーシートハウスに住む「都市の達人」鈴木さんに学ぶ、理想の家と生活とは？

箆棒《ベラボー》な人々　戦後サブカルチャー偉人伝

竹熊健太郎　40880-4

戦後大衆文化が生んだ、ケタ外れの偉人たち——康芳夫（虚業家）、石原豪人（画怪人）、川内康範（月光仮面原作）、糸井貫二（全裸の超前衛芸術家）——を追う伝説のインタビュー集。昭和の裏が甦る。

「噂の眞相」トップ屋稼業　スキャンダルを追え！

西岡研介　40970-2

東京高検検事長の女性スキャンダル、人気タレントらの乱交パーティ、首相の買春検挙報道……。神戸新聞で阪神大震災などを取材し、雑誌「噂の眞相」で数々のスクープを放った敏腕記者の奮闘記。

私戦

本田靖春　41173-6

一九六八年、暴力団員を射殺し、寸又峡温泉の旅館に人質をとり篭城した劇場型犯罪・金嬉老事件。差別に晒され続けた犯人と直に向き合い、事件の背景にある悲哀に寄り添った、戦後ノンフィクションの傑作。

毎日新聞社会部

山本祐司　41145-3

『運命の人』のモデルとなった沖縄密約事件＝「西山事件」をうんだ毎日新聞の運命とは。戦後、権力の闇に挑んできた毎日新聞の栄光と悲劇の歴史を事件記者たちの姿とともに描くノンフィクションの傑作。

宮武外骨伝

吉野孝雄　41135-4

あらためて、いま外骨！　明治から昭和を通じて活躍した過激な反権力のジャーナリスト、外骨。百二十以上の雑誌書籍を発行、罰金発禁二十九回に及ぶ怪物ぶり。最も信頼できる評伝を待望の新装新版で。

強いられる死　自殺者三万人超の実相

斎藤貴男　41179-8

年間三万人を超える自殺者を出し続けている自殺大国・日本。いじめ、パワハラ、倒産……自殺は、個々人の精神的な弱さではなく、この社会に強いられてこそ起きる。日本の病巣と向き合った渾身のルポ。

そこのみにて光輝く

佐藤泰志 41073-9

にがさと痛みの彼方に生の輝きをみつめつづけながら生き急いだ作家・佐藤泰志がのこした唯一の長篇小説にして代表作。青春の夢と残酷を結晶させた伝説的名作が二十年をへて甦る。

きみの鳥はうたえる

佐藤泰志 41079-1

世界に押しつぶされないために真摯に生きる若者たちを描く青春小説の名作。新たな読者の支持によって復活した作家・佐藤泰志の本格的な文壇デビュー作であり、芥川賞の候補となった初期の代表作。

大きなハードルと小さなハードル

佐藤泰志 41084-5

生と精神の危機をひたむきに乗り越えようとする表題作はじめ八十年代に書き継がれた「秀雄もの」と呼ばれる私小説的連作を中心に編まれた没後の作品集。作家・佐藤泰志の核心と魅力をあざやかにしめす。

リレキショ

中村航 40759-3

“姉さん”に拾われて“半沢良”になった僕。ある日届いた一通の招待状をきっかけに、いつもと少しだけ違う世界がひっそりと動き出す。第三十九回文藝賞受賞作。

夏休み

中村航 40801-9

吉田くんの家出がきっかけで訪れた二組のカップルの危機。僕らのひと夏の旅が辿り着いた場所は——キュートで爽やか、じんわり心にしみる物語。『100回泣くこと』の著者による超人気作。

泣かない女はいない

長嶋有 40865-1

ごめんねといってはいけないと思った。「ごめんね」でも、いってしまった。——恋人・四郎と暮らす睦美に訪れた不意の心変わりとは？　恋をめぐる心のふしぎを描く話題作、待望の文庫化。「センスなし」併録。

コスモスの影にはいつも誰かが隠れている

藤原新也　41153-8

普通の人々の営むささやかな日常にも心打たれる物語が潜んでいる。それらを丁寧にすくい上げて紡いだ美しく切ない15篇。妻殺し容疑で起訴された友人の話「尾瀬に死す」（ドラマ化）他。著者の最高傑作！

池澤夏樹の世界文学リミックス

池澤夏樹　41409-6

「世界文学全集」を個人編集した著者が、全集と並行して書き継いだ人気コラムを完全収録。ケルアックから石牟礼道子まで、新しい名作一三五冊を独自の視点で紹介する最良の世界文学案内。

ハル、ハル、ハル

古川日出男　41030-2

「この物語は全ての物語の続篇だ」──暴走する世界、疾走する少年と少女。三人のハルよ、世界を乗っ取れ！　乱暴で純粋な人間たちの圧倒的な“いま”を描き、話題沸騰となった著者代表作。成海璃子推薦！

求愛瞳孔反射

穂村弘　40843-9

獣もヒトも求愛するときの瞳は、特別な光を放つ。見えますか、僕の瞳。ふたりで海に行っても、もんじゃ焼きを食べても、深く共鳴できる僕たち。歌人でエッセイの名手が贈る、甘美で危険な純愛詩集。

短歌の友人

穂村弘　41065-4

現代短歌はどこから来てどこへ行くのか？　短歌の「面白さ」を通じて世界の「面白さ」に突き当たる、酸欠世界のオデッセイ。著者初の歌論集。第十九回伊藤整文学賞受賞作。

言葉の外へ

保坂和志　41189-7

私たちの身体に刻印される保坂和志の思考──「何も形がなかった小説のために、何をイメージしてそれをどう始めればいいのかを考えていた」時期に生まれた、散文たち。圧巻の「文庫版まえがき」収録。

ノーライフキング

いとうせいこう　40918-4

小学生の間でブームとなっているゲームソフト「ライフキング」。ある日、そのソフトを巡る不思議な噂が子供たちの情報網を流れ始めた。八八年に発表され、社会現象にもなったあの名作が、新装版で今甦る！

スイッチを押すとき 他一篇

山田悠介　41434-8

政府が立ち上げた青少年自殺抑制プロジェクト。実験と称し自殺に追い込まれる子供たちを監視員の洋平は救えるのか。逃亡の果てに意外な真実が明らかになる。その他ホラー短篇「魔子」も文庫初収録。

銃

中村文則　41166-8

昨日、私は拳銃を拾った。これ程美しいものを、他に知らない——いま最も注目されている作家・中村文則のデビュー作が装いも新たについに河出文庫で登場！　単行本未収録小説「火」も併録。

掏摸《スリ》

中村文則　41210-8

天才スリ師に課せられた、あまりに不条理な仕事……失敗すれば、お前を殺す。逃げれば、お前が親しくしている女と子供を殺す。綾野剛氏絶賛！大江賞を受賞し各国で翻訳されたベストセラーが文庫化。

黒冷水

羽田圭介　40765-4

兄の部屋を偏執的にアサる弟と、執拗に監視・報復する兄。出口を失い暴走する憎悪の「黒冷水」。兄弟間の果てしない確執に終わりはあるのか？当時史上最年少十七歳・第四十回文藝賞受賞作！

隠し事

羽田圭介　41437-9

すべての女は男の携帯を見ている。男は…女の携帯を覗いてはいけない！盗み見から生まれた小さな疑いが、さらなる疑いを呼んで行く。話題の芥川賞作家による、家庭内ストーキング小説。